Seelenreise hinter das Wort

Dort, woher du kommst, Wort,

gibt es kein Verstehen

Zerfliesse mit mir in leicht-lichten Lüften, getragen vom allersanftesten Sturm

Bibliografische Information der Deutschen Nationalbibliothek:

Die Deutsche Nationalbibliothek verzeichnet diese Publikation in der Deutschen Nationalbibliografie; detaillierte bibliografische Daten sind im Internet über http://dnb.dnb.de abrufbar.

Herstellung und Verlag: BoD – Books on Demand, Norderstedt

ISBN: 978-3-7504-1013-8

anita cappelli

seelenreise hinter das wort

geschichten und gedichte

INHALT

EINLEITUNG

WIR BRECHEN AUF – DU UND ICH

„Hurra 50!" prangt auf der kunstvoll gestalteten Geburtstagskarte, die heute Morgen ins Haus flatterte und jetzt von der Küchentischmitte aus jedem ihre positive Botschaft ins Gesicht lacht. Wie passend! Entspricht es mir doch ganz und gar, sogar im Einläuten der Wechseljahre nur Grossartiges herauszufiltern. Immerhin: Was für ein Privileg bei so guter Gesundheit und hey, gut erhalten! Und ist nicht die Zeit des Suchens schliesslich genau hier in die des Findens übergegangen?

Wie ausserordentlich langweilig! Diese mich seit einem halben Jahrhundert begleitende, süsse innere Stimme des Schön-Redens.

Die zweite Runde ist eingeläutet! Keine Zeit mehr für aufbauende Interpretationen belanglosen Geschehens. Ab jetzt wird alles Gelebte neu beleuchtet. Alles Neue willkommen geheissen.

Nicht, dass das Leben bis anhin falsch verlaufen wäre. Im Gegenteil: Genau hierhin geführt hat es mich.

Doch jetzt beginnt das Zeitalter der Freiheit. Eine neue Lust hat mich überkommen. Die Lust nach Wahrhaftigkeit. Direkt, ehrlich, ungebändigt! Doch mit liebevollem Verständnis für alles Menschliche

– und alles andere...

So nahm ich meine neue Ehrlichkeit bei der Hand und reise in meine Welt. Weit hinter schmeichelnde Stimmen, unter wohlwollende Interpretationen, bis in die schattigsten Täler meines Selbst.

Und hier fand ich sie, die Worte hinter den Worten. Worte, die Bilder malen, jenseits des Verstandes. Schon ewig in der Tiefe darauf wartend, endlich gesehen zu werden. Gedichte, die gefühlt werden wollen.

Das fühlende Herz findet die Wahrheit nicht in hochtrabenden literarischen Höhenflügen. Es ist die Einfachheit, die es zu überzeugen vermag. Wahrheit genügt sich selbst. Die eigene, tief empfundene Ehrlichkeit drückt sich in ihr aus.

So möchten diese Gedichte gelesen werden: Mit dem Herzen. Das Herz, das manchmal um seine eigene Vergessenheit weint, doch freudig und nichts nachtragend jubelt, sobald es erkannt wird. Erkannt, durch einen ungetrübten, stillen Geist, der sich seiner Verbindung mit ihm bewusst ist.

Ein einfaches Reimschema lässt durch die Sätze fliessen und nimmt die Intuition mit auf die Reise zwischen die Zeilen.

Denn hinter den Fakten, eröffnet sich eine geheimnisvolle Welt, die nur erfahren werden kann. Über sie zu sprechen, erfordert eine bildhafte Sprache. Oder in den vortrefflichen Worten des Philosophen und Wissenschaftlers Werner Heisenberg:

„Über den letzten Grund der Wirklichkeit kann nur in Gleichnissen gesprochen werden." Ich kann ihm nur zustimmen.

Ich spreche in diesem Büchlein in vielerlei Formen: Vom Ich zum Du, vom Euch zum Uns, denn es gibt kein Mich ohne ein Dich und Euch nicht, ohne Uns. Was den einzelnen Menschen als Individuum überhaupt erst erkennbar macht, sind unsere Unterschiedlichkeiten und Besonderheiten. Nur im Vergleich zueinander entsteht eine fassbare Persönlichkeit. Ein Bild unseres ICHs, das uns von anderen abhebt. Wir wurden durch einander geprägt und prägten wiederum andere. Formten daraus ein sich ständig wandelndes ICH.

Doch in der Tiefe unseres Seins lösen sich Äusserlichkeiten auf, verschmelzen Trennungen zu Einheit. Wir werden eins.

Aus dieser Sicht, Gefährte, ist meine Reise nunmehr auch die deine. Die Worte, die ich fand, auch die deinen. Das ist der Grund, weshalb ich mir erlaube, dich einzuladen mit mir zu reisen. Auf den Spuren meiner, deiner, unserer Worte.

Lassen wir uns ein auf die Kraft der Worte, eintauchend in die Geschichten der manchmal mehr, manchmal weniger ersichtlichen Schön- und Wahrheiten des Lebens. Und noch tiefer hinab: In den letzten Grund der Wirklichkeit.

Instinkt beschreibt mein frühestes Verständnis von mir als Mensch-Sein wohl am ehesten. Ein intuitives Wissen darüber, wer und was ich bin. Das ist Verstehen auf der Seins-Ebene, wo wir immer schon wussten, woher wir kommen, was wir sind.

Doch tiefes Vergessen, und damit ein erheblicher Verlust der Sprache der Intuition, begleitet unsere Ankunft auf der Welt. Überdies herrschen hier andere Gesetzmässigkeiten. Wir haben mit einem Körper, einem Geist und Gefühlen umzugehen. Da kann es schon passieren, dass man manchmal das eigene Wort – die eigene Seele – nicht mehr versteht.

So suchten wir auf unserer Erden-Reise eine andere Art des Verständigens. Eine, die das innere Wissen übersetzt, in eine erden-taugliche Version sozusagen, und nach aussen trägt. Sowie das Äussere verinnerlicht. Eine Verständigungsart, die den Verstand nutzt.

Wie hätten wir ahnen können, in welches Dilemma uns das noch führen würde...

Und dann kommt noch etwas anderes hinzu. Wir sind keine isolierten Wesen. Es drängt uns nach Verbindung. Unsere Natur lässt uns spüren, dass wir verbunden sind, derselben Quelle entstammen. Wenn dem nicht so wäre, befänden du und ich uns nicht hier, gemeinsam auf unserer Reise nach innen.

Und doch – vorerst – erkennen wir uns selbst in dieser polaren Welt durch ein Gegenüber. Erfahren uns und das Leben durch das Gegensätzliche und Andersartige.

Wir wollten uns verständlich machen, uns vereinen. Wir brauchten ein Instrument – und fanden Worte.

Im Anfang war das Wort, und das Wort war bei Gott, und Gott war das Wort. Dasselbe war im Anfang bei Gott. Alle Dinge sind durch dasselbe gemacht, und ohne dasselbe ist nichts gemacht, was gemacht ist. (Johannesevangelium 1.1-2)

DAS WORT

Woher entstammst du, Wort? In Worte kann ich
es kaum fassen.

Dort, wo ich darüber nachdenke, entdecke ich
dich nicht.

Geboren aus Gedanken in des Verstandes
Massen?

Doch dich, ganz speziell, hab ich dort nicht
erblickt.

Jetzt, da ich darüber nachdenke, sehe ich dich.

Denn Jetzt ist wohl der Ort, dich zu sehen.

Wort um Wort reiht sich aneinander zum Gedicht.

Dort, woher du kommst, Wort, gibt es kein
Verstehen.

EPISODE 1

IM ANFANG WAR DAS SEIN

Stille. Das Gras kühl, weich, tastend, den Körper umspielend. Es kitzelt zwischen den Zehen. Von oben streicheln die Sonnenstrahlen, wärmend, einsinkend. Es duftet nach Sommer und eine zarte Sinfonie aus Summen, Zirpen und Zwitschern durchwebt die Luft.

Nichts passiert. Und in diesem Nichts geschieht alles. Öffnen sich sämtliche Sinne, um die Welt zu empfangen. Öffnet sich die Erde, das Wesen erkundend, das sich auf seiner Haut niederliess. Nichts ist getrennt, noch könnte es das jemals sein.

Denke ich das? Weiss ich das? Fühle ich das? Ich wüsste es nicht zu benennen. Es ist die Art, wie ich bin.

Seit fünf Jahren bin ich nun auf der Welt. In meiner Welt gibt es ein altes, lebendiges Haus. Es lebt wirklich! Jeder Raum spricht seine eigene Sprache. Manche mag ich, manche gar nicht. Das Haus steht an einem quirligen Bach. Er ist einfach perfekt mit seinen Tümpeln und kleinen Wasserfällen, den grossen Steinen und überwucherten Uferböschungen. Direkt dahinter steigt der mächtige Wald an. Er umschliesst unser Haus, zusammen mit einer grossen Wiese, auf allen Seiten, so dass mein Zuhause verborgen und sicher in einem kleinen Tal liegt.

14

Auf dieser Wiese liege ich jetzt. Noch weiss ich nicht, dass ich diesen Moment mein ganzes Leben lang nie mehr vergessen werde. Dass dieser Moment mich begleiten wird als der perfekte Moment. Die Sehnsucht nach ihm wird mein Antrieb und Wegweiser sein. In jedem Winkel der Erde werde ich nach ihm suchen. Philosophien und Religionen danach durchforsten.

Manchmal hatte ich ihn beinahe gefunden: Im Lächeln meiner Mutter, dem Wispern der herbstlichen Bäume. In den Armen des Geliebten, im Gesicht meines Kindes. Doch es blieb eine Ahnung, eine Erinnerung. Mit jedem Jahr schien er weiter entfernt, dieser Moment. Unfassbarer.

MEIN HERZ

Einst dacht ich, ich sollt Königin sein.

Epische Schlachten, ein prächtiger Schrein.

Grosses erlangen. Mächtiges Sein.

Die Menschheit geblendet von meinem Schein.

Flieg hoch, junges Herz. Verlier dich in Glut.

Du kennst keine Grenzen, nur Freude und Mut.

Die Zeit legt sich auf dich wie schweres Gewand.

Du, eiserne Tochter des irdenen Lands.

„Komm, lass dich umarmen du goldenes Kind.

Sink in meine Arme, geborgen und blind".

So tröstet die Mutter die auf sie Gefallnen.

Legt Schleier auf Freiheit, lässt Klarheit verhallen.

Erwachend aus Nächten gefangener Träume.

Verzehrendes Hoffen auf lichtere Räume.

Wo sind deine Flügel? Dies ist nicht dein Sein!

Doch sanftes Ersticken begrüsst dich daheim.

Das Sehnen, das Leiden, die Hoffnung, der Kampf.
Das Leben zu leben, voll Schmerz und voll Glanz!

Nur du kannst so fühlen, unvollkommen Herz,
denn Ganzheit erlöst dich von all deinem Schmerz.

Ergebe dich, Herz. Vertrau dieser Welt!
Umarme den Boden, komm an und verschmelz.

Atme die Freude, werde ganz sanft.
Befrei deine Kehle und hab nie mehr Angst.

Spürst du den Zauber? Den Fluss der dich trägt?
Jetzt hat die Welt dich zum Freunde erklärt.

Sie legt dir zu Füssen als Hochzeitsgewand
die Flügel, die einstmals sie dir entwand.

So ist es die Liebe, die mit Freiheit beschenkt,
all ihre Geschöpfe vom Jetzt bis ans End.

EPISODE 2

VERABREDUNG MIT DEM VERSTAND

Was sich doch alles so in einem dagegen wehrt, gesehen zu werden, ist höchst erstaunlich! Manchmal beschleicht mich das Gefühl, fremdgesteuert zu sein. Regelrechte autonom funktionierende Wesenheiten scheinen hier am Werk zu sein. Vom Verstand hervorgebracht, oder vielleicht auch den Verstand benutzend. Ihn dahingehend manipulierend, beim „Wirt" (also bei uns) Gedanken zu generieren, die wiederum Emotionen hervorrufen. Sozusagen ein Denker im Denker.

Das „Wesen" ernährt sich von Emotionen. Von Produkten unseres Fühlens also, die durch mentale Vorgänge wie Erwartungen, Meinungen, Vorstellungen oder Wünsche bedingt werden. Besonders ergiebig sind hierbei Wut und Angst. Beides Formen des Leidens.

Wut ist Reaktion auf Schmerz, geboren aus Trauer. Solange sie nicht in Gewalt umschlägt, kann sie gar als wirkungsvoller Antrieb für Veränderung genutzt werden.

Angst! Eine wahrhaft mächtige Emotion. Ihre Überwindung ist ein grosser Lehrer auf dem Weg der Selbst-Erkenntnis. Angst ist Abwesenheit von Vertrauen. Wo Vertrauen fehlt, ist die Verbindung zur Quelle, zum eigenen Ursprung, unterbrochen oder verdeckt. Im Zustand der Angst fühlen wir uns abgeschnitten, bedroht, verlieren den Zugang zum sicheren Gefühl des in sich Zuhause-Seins.

Als Warnsystem gedacht, unsere Sinne schärfend und zur Einstufung von Gefahr und deren Abwendung einzusetzen, kreiert die Angst mit Hilfe der Gedanken fiktive Situationen. Es funktioniert auch andersherum: Der Verstand fabriziert eine Geschichte um ein Geschehen herum, welche die Emotion „Angst" produziert.

Wenn wir mal darüber nachdenken, haben wir immer Angst „vor" etwas und nicht im Jetzt. Vor etwas also, das noch passieren könnte. Doch; was kommt, kommt ohnehin, ob wir nun Angst davor haben oder nicht. Wir werden mit ihr noch nicht mal vernünftiger darauf reagieren. Auch ohne Angst würden wir Gefahren wahrnehmen und beurteilen können.

Doch so einfach lässt sie sich nicht abschütteln, denn unser Verstand stuft sie als überlebensnotwendig ein. So wird unser „Schmerzwesen" also durch die Angst genährt. Und: Kämpfen wir dagegen an, nähren wir es nochmals. Es ist sehr listig und weiss den Verstand geschickt zu manipulieren. Diesem kommt die Allianz gerade recht, denn auch er braucht die Identifikation mit dem Wirt – in diesem Fall dem Ego – um seine Machtposition zu halten.

So haben wir Menschen in uns also sämtliche Anlagen, Vollkommenheit, HEIL-igkeit zu leben. Dieselben Anlagen sind aber auch in der Lage, sich wie eine Krebszelle unkontrolliert zu vermehren. Uns nicht mehr zu dienen, sondern den eigenen Zwecken nachzugehen.

Uns so weit zu bringen gelingt nur, wenn wir das Bewusstsein für unser wahres Selbst verlieren.

Und so kam es, dass unser mächtigstes Instrument, das uns für ein Leben in dieser Dreidimensionalität dienlich sein sollte, sich verselbständigte.

Der Verstand gaukelt uns vor, dass er ICH sei. Wenn wir ihm das glauben, dann hat er uns! Er lernt, sich so zu tarnen, dass er scheinbar zur eigenen Identität wird. Zu unserer Stimme. Alles jederzeit kommentierend. Vielfach, genialer Weise muss man zugeben, so, dass er uns schmeichelt. Bist du z.B. Yogalehrerin, doziert er innerlich unablässig vor deinen Schülern. Erklärt, spielt sich auf, benutzt Gedankenmuster, auf die du anspringst, weil sie deinem eigentlichen Selbst durchaus entsprechen.

Nur bist du das nicht! Du bist unendlich viel grösser. Du bist allumfassend!

Sobald du erkennst, dass du nicht dein Verstand bist, sondern dieser lediglich ein Teil deines irdischen Instrumentariums, löst sich die beschränkte Sicht auf. Und dann lösen sich auch die ständig ablaufenden inneren Dialoge und Monologe auf. Es wird still, und du hörst. Es wird klar, und du siehst.

Allerdings – und das finde ich einfach den brillantesten aller Schachzüge – ermöglicht uns eben diese Identifikation mit dem Verstand, diese Unvollkommenheit, wenn man so will, uns auf die Dualität einzulassen. Also polare Erfahrungen, oder überhaupt Erfahrungen, zu machen. Ein allwissendes Wesen – ein vollkommener Mensch – würde dieses Spiel umgehend durchschauen und auflösen. Doch diese „Verstandes-Schleier" ermöglichen es uns, das Spiel des Lebens zu spielen.

Wer allerdings aus diesem Spiel aussteigen möchte, für den gibt es ein Heilmittel: JETZT! Der Verstand funktioniert ausnahmslos im Zeitgefüge. Sei im Moment und er wird augenblicklich entmachtet. Wer dann denkt, das bist du.

GEDANKEN ZUM GEDANKEN

Er trägt sie fort, der Wind.

Lang genug lautlos, bange versteckt.

Aus den Winkeln des Geistes und ruft: „Singt!"

Wirbelt sie hoch, zum Leben erweckt.

Wie Tanz wilder Blätter im lodernden Sturm,

lechzend nach Freiheit, hinauf auf den Turm.

Atmet die Frische des blutjungen Tags.

Lauft meine Kinder, ja doch, wagts!

Er trägt sie fort, der Wind.

Dorthin, wo sie frei und bemerkenswert sind.

Verschenkt euch der Welt, ihr Kinder des Lichts.

Folgt eurer Bestimmung, bereichert das Nichts.

Auch wenn ich ihn stürmisch find,

bin ich doch froh, er trägt sie fort, der Wind.

EPISODE 3

DIE STILLE IM JETZT

Als bewanderte Yoga-Praktizierende habe ich das schon unzählige Male und auf unterschiedlichste Art und Weise gehört: Diese absolute Gedankenstille, in der nichts als das Jetzt Bestand hat. Jedoch konnte ich sie in der Meditation immer nur für Momente erreichen. Zwar verlangsamten sich die Gedankenströme, und die Gedanken an sich wurden auch klarer. Mehr so, wie von mir gedacht und nicht einfach vor sich her plappernd. Dennoch: Stille, ankommen bei mir, das erlebte ich vor allem in der Natur. Und heute wurde mir auch klar warum.

Jeder hat eine Pforte, durch die er besonders leichten Zugang zu sich selbst findet. Bei mir ist es offenbar der Klang. Und ganz besonders die Klänge des Waldes. Dem Ort, an dem ich meiner eigenen Natur am nächsten bin.

Heute sass ich und lauschte schlicht dem äusseren Klang. Nichts weiter. Ich lauschte. Und es war still!

Zum ersten Mal, seit diesem Tag auf der Wiese, habe ich diese Stille nicht nur einfach empfunden, sondern sie halten können. Sie mitnehmen können in mein alltägliches, waches Bewusstsein.

Und damit ist etwas Grosses passiert: Denn mein Verstand wusste es auch!

Um „ganz" zu sein, musste ich bisher immer abtauchen, in mich hinein. An einen Ort, an den ich erstaunlicherweise recht einfach gelangte, der aber getrennt vom Alltagsbewusstsein zu existieren schien. Von dort nahm ich überwiegend Empfindungen und Ahnungen mit.

Das ändert sich nun. Denn jetzt weiss mein Verstand, dass Ich weiss. Ich habe mir die Macht zurückerobert.

JETZT

Im Dunst der Dämmerung zeigst du dich.
Zaghaft, blass noch.

Schiebst zarte Schleier sanft beiseite. Trittst ein, ins Land.

Du staunst, Moment! Noch nie stand jemand da bei deiner Ankunft, doch;

Aug in Aug steht ihr euch gegenüber. Zum ersten Mal wirst du erkannt.

EPISODE 4

DER DENKER

Ha! Hab ich dich entlarvt! Du, die mich seit einem halben Jahrhundert begleitende, süsse innere Stimme des Schön-Redens!

Frühmorgens. Ich erwache in meinem kleinen Bus auf dem Campingplatz im Tessin. Wie laut dieses Vogelgezwitscher heute ist! So laut, dass ich mich entschliesse aufzustehen, jetzt, da noch alles schläft, und in diese Morgenfrische einzutauchen. Das Licht, noch zart, sickert durch die Zwischenräume des Blätterwerks. Barfuss und leisen Schrittes, um dieses Erwachen des Tages nicht zu stören, gehe ich über taufeuchte Wiesen zu den Waschräumen.

Eine Amsel sitzt auf der Spitze der Campingplatz-Kamera und singt. So, wie ich noch nie eine Amsel habe singen hören. „Klar" ist wohl der treffendste Ausdruck dafür. Durchdringend. Diesen Morgen durchdringend, mich durchdringend. Ihr Gesang ist äusserst komplex. So viele immer wieder neue Kompositionen singt diese Amsel.

Die Luft ist mild für diese frühe Morgenstunde. Ich bin einfach da und staune. ICH BIN! Und – Ich bin mir bewusst, dass ich bin!

Und plötzlich ist sie wieder da, diese Stimme. Ein kleiner Schock, denn jetzt erst merke ich, dass sie tatsächlich weg war. Sie kommt zurück mit dem Gedanken: „Wenn sich jetzt jemand die Bilder auf der Webcam anschaut, sieht er diese hochstarrende, vom Schlaf zerzauste, eigenartige Frau. Das sieht bestimmt bescheuert aus!"

Wenn ich dich jetzt höre, Stimme, und vorher nicht, dann gibt es mich also mit dir, und es gibt mich ohne dich. Und ganz ehrlich: Ohne dich war's schöner! Es ist eine Art Lücke entstanden, in der ganz allein Ich einfach war. So rein und präsent, dass ich unvermittelt tief einatme und den Duft dieser Frische bis in die letzte Zelle einsaugen möchte.

Was mach ich jetzt mit dir, Stimme? Irgendwie bin ich deiner überdrüssig. Da ist es doch naheliegend, dich auszusperren. Du verdirbst mir den Moment mit deinem Gequassel. Mit deinem ständigen Urteilen, das mich unvermittelt wieder in diese unsichere, langweilige Person verwandelt. Die, die ich loswerden will!

Wie war das noch mal? Die zweite Runde ist eingeläutet? Jetzt wird alles anders? Genau! Jetzt IST alles anders! Ich weiss, wo ich hin will. Dorthin, wo ich als Kind auf der Wiese war. Hinein in diese Präsenz, in den vollkommenen Moment. Ins Sein.

„Jetzt, da ich darüber nachdenke, sehe ich dich, denn Jetzt ist wohl der Ort, dich zu sehen."

Diesen Satz schrieb ich noch vor einigen Tagen aus einer Quelle schöpfend, die mir grösstenteils nicht bewusst zugänglich war. Jetzt sehe ich diesen Satz und verstehe ihn. Tatsächlich verstehe ich ihn erst jetzt! Das ist nichts Intellektuelles. Und doch hat mein Verstand seine wahre Bedeutung gerade eben begriffen. Dass nämlich er nicht Ich ist. Ich habe lediglich einen Verstand. Und der soll denken, wenn es angebracht ist und bitteschön still sein, wenn der Denker denkt. Ein schöner Satz, nicht wahr?

FÜR DICH

Wie geht es dir, so ungesehen, ungewollt und unerkannt?

Stell mir vor, wirst immer dünner, ausgezehrt und ausgebrannt.

Gebunden an erloschne Lichter. Die Asche schütz'st mit blosser Hand.

So lang ist's her bist du geflogen, hoch und frei von Land zu Land.

Ich eil mich, Engel, zu erwachen. Mein Licht entzündet, hell und klar.

Dir zu leuchten, mein Gefährte, in die Welt, die immer war.

EPISODE 5

EINE FRAGE DER GESCHWINDIGKEIT

Die Langsamkeit ist eine grossartige Entdeckung für mich. Denn offenbar bin ich bis anhin viel zu schnell durchs Leben gegangen. Zu schnell für meine Verhältnisse. Wer sehen will, muss seinen Rhythmus anpassen. Den eigenen Takt finden. Auch schnell laufend kann man klar wahrnehmen. Jedoch: Sieht man all die Details, die Fülle, die so ein Moment in sich bergen kann?

Ich für meinen Teil brauche eine gewisse Langsamkeit, die es mir erlaubt, meinen Blick schweifen zu lassen. Innezuhalten, um die Dinge wahrhaft zu erkennen. Ihre Essenz ganz und gar zu erfassen.

Ganz bewusst wurde mir das heute, als ich ein Labyrinth lief. Ein kreisförmig angeordneter Weg in zwölf Runden, der sich Schlaufe um Schlaufe um den Mittelpunkt windet, um den Gehenden schliesslich in seinem Zentrum ankommen zu lassen.

Frühling. Die Sonne scheint. Ein konstanter, lauer Wind weht vom breiten, träge dahin fliessenden Fluss her, der diese winzige Insel umgibt. Ein schmaler Holzsteg schafft den einzigen Zugang. Ein wundervoller Ort, den die Franziskanermönche hier entstehen liessen. Ein vollendetes Arrangement aus Erschaffenem und Natur. Oder wie die Mönche sagen: „Ein Ort, an dem Himmel und Erde sich berühren."

Der Labyrinth-Weg symbolisiert den eigenen Lebensweg. Gehe den Weg, und er führt dich unweigerlich zu dir selbst, in deine Mitte.

Ich bin ihn langsam gegangen. In meinem Tempo habe ich meinen Weg beschritten. Und gestaunt!

Was es da so alles zu sehen gibt auf diesem 30cm breiten Kiesweg, der durch eine kurz geschnittene Wiese führt. Was hier so alles passiert! Ich gehe durch Schatten, den eine kleine Lärche wirft. Die Luft ist kühler hier, klarer. Sie riecht auch frischer. Der Kies erscheint dunkler. Logisch – im Schatten. Aber hey, werde dir dessen erst mal bewusst!

Dann ein Übergang in den sonnigen Abschnitt. Übergänge sind überhaupt immer die spannendsten Passagen, auf jeder Ebene des Lebens. Weder das eine noch das andere ist. Es ist Grenzgebiet, ein Un-Ort, an dem alles denkbar ist. Alles zusammenfliesst. Und das macht sie reich, diese Übergänge.

Aus dem Schatten des Baumes tretend, erhellt die Sonne den Weg. Die Luft wird lauer, die Einzelheiten auf dem Boden augenfälliger.

Eine Freude breitet sich in mir aus, hier sein zu dürfen. All diese Empfindungen haben zu dürfen. Überhaupt in der Lage zu sein, wahrzunehmen.

Mit dieser Freude kommt die Leichtigkeit.
Ich atme Freude ein und atme Leichtigkeit aus.

Plötzlich merke ich, dass eine Stimme anfängt zu kommentieren: „Atme Freude ein und atme Leichtigkeit aus!" Was soll denn das? Als ob ich das nicht selber wüsste!

So hat sich diese Stimme also durch die Hintertüre, über meine Empfindungen, wieder hinein geschlichen. Ich bin so froh, diesen Unterschied erkannt zu haben.

„Atme **die Freude selbst** ein!" Dagegen ist der Gedanke des Einatmens der Freude ein Abklatsch. Es geschieht gar nicht wirklich, ist nicht real. Es sagt nur jemand, dass es so sei.

Freudlos, die erzählte Freude.

All das und mehr passierte, und ich bin erst etwa 20 von insgesamt 440 Metern gegangen.

HIMMEL

Von hier bis zum Himmel ist's ein sehr weiter Weg.

Mein Blick schweift von hier nach dort und zurück.

Ein Meer ohne Ufer. Wie weit er wohl geht?

Kein Anfang, kein Ende, was kommt am Zenit?

In Höhen, durch Tiefen, Weite und Licht.

Sind Augen geeignet, um ihn zu erreichen?

Trotz all meines Sehens erfass ich ihn nicht.

Bestehn schon Gedanken, um ihn zu beschreiben?

Glorreiche Heimat achtbarer Seelen,

erhabener Wesen von höherer Macht?

Willkommen sind jene, die im Leben nicht fehlen?

Ätherischer Dunst. Ein Ort ohne Nacht?

Hier wird die Phantasie gewoben.

Was findest du vor? Ein goldenes Tor?

Trug und Wahrheit ungeteilt. Urteilskraft der
Macht enthoben?

Illusionen. Spielend, wie Kinder, mit deinem
Verstand, du Tor?

Forscher zerteilten die heiligen Sphären.

Versahen das Staunen mit wichtigen Namen.

Entzauberter Sternstaub vergangener Mären.

Zwangen Unendlichkeit in kalkulierbare Rahmen.

Doch ich sehe Räume zwischen dem Raum.

Geschaffen aus purster geistiger Kraft.

Unfassbare Träume sind hier daheim.

Der Ort, der uns aufnimmt in Reisen der Nacht.

Ich glaub, es gibt Himmel für jeden von uns.

In uns getragen. Wegweisender Grund.

Doch sei gewahr, Gefährte und Freund.

Durch Schluchten und Berge führt dich der Steg.

Ein unwägbar, launisch und steinig Geländ.

Von hier bis zum Himmel ist's ein sehr weiter Weg.

EPISODE 6

NUR EIN SPIEL

Wenn man das Gedankenspiel des Lebens ein bisschen weiter spinnt, könnte man ohne weiteres zur Einsicht gelangen, dass wir ohnehin in die Einheit zurückkehren. Warum sich also hier anstrengen für etwas, das uns sowieso früher oder später zufällt? Stimmt! Nur: Warum nicht spielen, wenn man genauso gut spielen kann? Tatsächlich ein tolles Spiel, denn man kann nicht verlieren, wie's aussieht.

Warum sind wir Menschen denn auf der Erde, wenn nicht, um zu erfahren? Man kann so vieles mit dem Verstand erfassen, es tatsächlich wissen. Doch sobald man es erfährt, kann sich ebenso gut all das vermeintlich Gewusste komplett anders darstellen.

Etwas mit Leib und Seele erfahren zu haben, verändert den Stand unseres ursprünglichen Wissens. Es dehnt sich aus. Unser Bewusstsein wird erweitert. Und mit einem erweiterten Bewusstsein sind wir wiederum in der Lage, die Dinge in einem grösseren Zusammenhang zu sehen.

Da sind wir doch wieder beim Verstand. Unserem Denkorgan, das uns immer nur zu seinem eigenen Verständnis einer Anschauung führt – führen kann. Die Erfahrung jedoch, bringt uns unter Umständen ganz neue Erkenntnisse. Nicht nur durch die Entdeckung von bislang Unbekanntem, sondern auch, weil das Durchleben einer Situation unsere Sinne mit einbezieht. Man spürt die Elemente.

Vielleicht reagieren wir ganz anders auf eine Gegebenheit, als erwartet. Vielleicht kommen wir mit den Herausforderungen besser oder auch schlechter zurecht als angenommen. Wenn wir frieren oder hungern, gehen wir dann noch gleich damit um? Können wir unser Wissen auch dann noch umsetzen, oder ändern sich die Prioritäten und der Überlebensmodus schaltet sich ein? Opfern wir unsere hehren Vorsätze dem puren Bedürfnis, zu überleben? Koste es, was es wolle?

Vielleicht reagiert ein Mensch, den wir zu kennen glauben, ganz anders auf uns, wenn wir uns auf ihn einlassen. Dies, obwohl wir vermeintlich schon wussten, wie er uns begegnen würde. Unsere Haltung diesem Menschen gegenüber kann sich dadurch gründlich ändern. Überdies lernen wir daraus, dass alles anders sein kann, als es auf den ersten Blick scheint. Unser Geist wird sich nach dieser Erfahrung öffnen und beim nächsten Mal die Möglichkeit eines anderen Verlaufs in Betracht ziehen. Da können sich ganze Weltanschauungen umkehren. Neue Wege beschritten werden. Jetzt noch Ungeahntes sich verwirklichen.

Das Leben will gelebt werden. Lebensfreude entsteht durch das Spüren des Lebens. Und: Das Leben hält ein kleines Geschenk für seine Gefolgschaft bereit: „Den Mutigen hilft das Glück!"

SCHON ANGEKOMMEN?

Den, den ich kenn, kennt keinen Sinn. Weder
hier, noch dort, noch jetzt, noch dann.

Er-nüchtert. Er-klärt. Ent-täuscht. Ist dort, wo
ich nicht folgen kann.

Schwer ist sein Herz. Kann nicht zurück. Welch
unwirtlich Ort. Nur weg, nur raus!

Fiel er doch nur und schenkt' sich der Welt. Beide
erblühten, und er wär zu Haus.

EPISODE 7

DIE FREUDEN ALLER TAGE

Alltag. Wie grau das klingt. Gewöhnlich. Nicht
wirklich erstrebenswert. Was ist denn so ein
Alltag? Eigentlich sollte es sowas gar nicht geben
in einem Leben. Leben ist frisch, immer, mit
jedem Atemzug anders. Einzigartig.

Gewisse Handlungen können durchaus routine-
mässig vollzogen werden. Aber heisst das denn,
dass sie darum weniger lebendig sein müssen? Es
ist doch immer die Art wie etwas gemacht wird,
die den Unterschied macht, nicht was oder wie oft
es gemacht wird.

Mein Liebster wacht auf. Schlaftrunken, unrasiert,
voller herrlicher Bettwärme. Sehe ich ihn noch?

Greift mein Herz nach ihm in zartem Verlangen das seine zu liebkosen? Erkenne ich den Reichtum des Teilens des Augenblickes?

Schweigend bereiten wir Tee. Jeder Handgriff gekannt. Handlungen, die ineinandergreifen. Unausgesprochen, harmonisch. Eine Sinfonie von Verrichtungen, an deren Ende ein köstlicher Tee da steht, den wir zusammen geniessen.

Ob wir einen bestimmten Menschen an unserer Seite haben, mit dem wir die Augenblicke des Lebens teilen dürfen, ist nicht ausschlaggebend. Aber wenn wir Menschen um uns haben, egal in welcher Beziehung zueinander wir stehen, dann lassen wir uns doch die Schönheit des Teilens nicht entgehen! Eine wunderbare Möglichkeit, die Perlen eines jeden Augenblickes, eines jeden Gefühls, zu potenzieren.

Trage dieses Gefühl die Haustüre hinaus und teile es weiter. Die Freude und der Frieden im Herzen zeigen sich in deinem Gang, im entspannten Lächeln auf deinem Gesicht, das augenblicklich aufgeht, sich ausbreitet, wenn du auf einen anderen Menschen stösst, der gerade „wach" ist – oder es gerne werden würde.

Wie eine Krankheit (auch ein negativer Geist ist ein nicht Heil-Sein) ansteckend ist, so ist es auch die Freude. Sie schenkt Leichtigkeit, zeigt Aufmerksamkeit, zeigt Erkennen. Sie verbindet augenblicklich und macht uns Menschen gleich. Gleichwertig.

GELIEBTER

Segle mit mir durch tosende Meere. Spalten wir
Welten. Himmel erbeben!

In tiefblauen Klüften einander erleben.

Entführe mich in deine unterste Welt,

in Abgründe dicht von Dämonen umstellt.

Folge dir sehend. Tauch tief in dich ein.

Du, fremdes Wesen, wo bist du daheim?

Leg meine Träume vor dir in den Sand.

Frei von Verlangen, frei von Verstand.

Der Pakt ist geschmiedet aus unserem Blut,

zu zeitlosen Tagen, geboren aus Glut.

Hoffnungslos an deiner Wahrheit zerbrechend,

um wieder hoffnungslos verliebt zu sein. Das ist
mein Versprechen!

Verbrenn meine Sehnsucht! In deinen Armen lass
mich sterben.

Tod um Tod erwacht das Leben, erblühend aus
vergessnen Kerben.

EPISODE 8

SCHÄTZE DIE SCHÄTZE!

Der Herbst ist da. Wie ich ihn liebe mit seinem goldenen Versprechen nach Stille. Die Legitimation des Rückzugs liegt in seinem Morgendunst. Die Ankündigung, sich im warmen Inneren einzukuscheln, die Schätze des Sommers vor dem inneren Auge auszubreiten und sein Heim damit auszuschmücken.

Einiges kann getrost entsorgt werden. Doch auch im Unwahrscheinlichsten findet sich oftmals noch ein Stäubchen Gold in Form einer Erkenntnis: Die Freude meiner Sinne, als ich das perfekte Sommerkleid gefunden habe. Die Freude meiner Seele, als ich das zweite nicht kaufte, da mir bewusst wurde, schon alles zu haben, bereits voll erfüllt zu sein mit Sonnenschein auf der Haut, fröhlicher Gesellschaft um mich herum, Leben.

Manchmal brannte er lange und heiss auf uns herab, dieser Sommer. Seine strahlende Klarheit verlieh gnadenlosen Einblick und kaum Möglichkeiten, sich im Dunkeln zu verstecken. Als wolle er sagen: „Schau mich an! Ich bin die blanke, offenbarte Welt. Hier siehst du ohne Umschweife was abläuft. Klar, ehrlich, hart."

Ein Segen, dieser Sommer, wenn auch manchmal erst auf den zweiten Blick. Bisweilen erst beim Wühlen in der herbstlichen Schatzkammer. Manches hast du vielleicht schon zum Wegwerfen vorbereitet. Schau es nochmals an. Hast du ein

Gefühl dazu? Ein schönes? Dann nimm die Essenz daraus mit in deine warme Höhle. Ein unschönes, lästiges? Dann bist du genau richtig!

Vielleicht traust du dich, hinzuschauen. Woher rührt dieses Gefühl? Vielleicht schaffst du es sogar, einen gewissen Abstand dazu zu bekommen. Schliesslich bist ja du nicht das Problem. Das liegt lediglich vor dir ausgebreitet da, bereit zur schlichten Betrachtung. Vielleicht bist du gerade heute dazu in der Lage, was immer sich dir zeigt anzunehmen, deinen Blick nicht abzuwenden. Deinem bereits zurechtgelegten, rechtfertigenden inneren Dialog Einhalt zu gebieten und zu sehen, was wahrhaft ist. Vergiss nicht: Das bist nicht du, sondern nur etwas, das dafür kreiert wurde, dich daran wachsen zu lassen.

YOGA ÜBUNG

Lege dich in die Stellung des Kindes (Child pose). Setzte dich dafür auf deine Fersen. Fussrücken und Schienbeine sind auf dem Boden, die Knie geschlossen oder leicht geöffnet, und lasse den Oberkörper nach vorne über die Oberschenkel sinken. Die Stirn ruht auf der Unterlage, die Arme liegen nach hinten gestreckt entspannt neben dem Oberkörper.

Wenn du ein Bolster hast, kannst du auch dieses verwenden. Setze dich im Fersensitz auf sein unteres Ende und lass den Oberkörper darauf sinken. Entscheide, ob du den Kopf seitlich darauf legen möchtest, oder du weiter nach vorne rutschst, um den Kopf auf den Boden sinken und die Stirn leicht und bequem auf der Matte ruhen zu lassen.

Entspanne deinen Kehlbereich. Der Atem gleitet ohne Widerstand durch ihn hindurch. Löse deinen Kiefer. Lasse ihn entspannt sinken. Spüre die Lippen weich. Entspanne die Mundhöhle und die Zunge. Entspanne deine Augen, spüre sie weich. Nimmst du Bewegung darin wahr? Lass sie still werden. Lass deine ganze Gesichtshaut weich und gelöst schmelzen. Es gibt nichts mehr zu tun, nimm einfach wahr.

Bring deine Aufmerksamkeit zum Atem. Beobachte, wie er bei den Nasenöffnungen auftrifft und weiter in dich hinein strömt bis tief in deine Lungen. Achte auf den Punkt bevor der Atem umkehrt, um wieder auszuströmen. Dieser kurze Moment des Stillstandes, der Stille. Koste ihn aus.

Der Atem fliesst aus. Nimm auch hier den Stillstand wahr bevor sich der neue Atemzug von ganz alleine einstellt. Manipuliere den Atem nicht, lasse ihn fliessen. Nimm ihn als Ganzes wahr. Als einen ewigen Fluss des Kommens und Gehens. Wie Wellen, die den sanft ansteigenden Sandstrand überspülen und wieder ins Meer abfliessen. Nahrung mit sich bringend, Reinheit hinterlassend.

Sei der Strand.

EPISODE 9

FLUSS DER LIEBE

Hast du schon einmal so geliebt, dass du deine Hände tief in diesem Wesen vergraben wolltest? Deinen Körper dicht angeschmiegt im Wunsch, mit ihm zu verschmelzen. Jede Regung einsaugend. Kein Geräusch entgeht dir. Du vereinst dich mit seinem Herzschlag, versenkst deine Nase im geliebten Geruch. Möchtest ihn in dich aufnehmen, ihn dir regelrecht einverleiben!

Das sind die Gefühle zu meiner ersten grossen Liebe. Der Erde.

Manchmal schäumte mir das Herz davon über, manchmal wurde es schwer, weil ich mich nicht vollständig mit ihr vereinen konnte. Am schmerzhaftesten aber war die Erkenntnis, dass ich sie nicht schützen konnte.

Wenn wir unser Herz jemandem oder etwas derart öffnen, wird sein Gefühl zu unserem. Es ist sogar noch schwerer zu ertragen, den Geliebten leiden zu sehen, als selbst zu leiden. Seine Freude mitzuempfinden und seine Schönheit zu zelebrieren, hebt uns jedoch in die höchsten Sphären.

Was Liebe wohl ist? Kannst du sie fassen, erklären? Gibt es Worte dafür? Ich fand noch keines, das ihr gerecht hätte werden können. Zuneigung, Wertschätzung. In meinen Ohren sterile Begriffe, fast schon lieblos.

Sie scheint nicht von hier zu kommen, so scheint es, oder? Und doch ist sie in uns verwurzelt. Mehr noch: Es fühlt sich an, als ob sie unsere Essenz wäre. Der Stoff, aus dem wir gemacht sind.

Wenn sie austritt, sind wir verbunden. Mit allem, worauf sie sich richtet. Eine Art vernetzende Energie, vielleicht dem Licht gar nicht unähnlich. Die Liebe durchdringt Organismen, wie das Licht den Raum durchdringt. Sie verbreitet sich unendlich, wenn man sie lässt. Ihre einzige Barriere sind verschlossene Herzen, wie das Licht nicht in hermetisch abgeschirmte Räume eindringen kann.

Ein Herz müsste also vollkommen verschlossen sein, damit keine Liebe darin fliessen kann. Es ist mir nicht möglich zu glauben, dass ein solches Wesen existiert.

Oder doch? Manchmal – in dunklen Träumen der Nacht?

LIEB-LOS

Lichtloser, durchstreifst ganze Welten auf der Suche. Wonach?

Kann dich nicht erreichen auf deiner dunklen Fahrt.

Einsamstes Nichts. Kernloser Sog.

Undurchdringbarer, deine Fracht ist der Tod.

Bedeckst deine Wege mit lichtlosem Schein.

Willst einen Gefährten, suchst ein Daheim.

Leidest du unter dem stählernen Stoff?

Hat ER dich vergessen als sein Odem den Äther durchfloss?

Ich schmiede dir, Dunkler, ein Herz ganz aus Gold.

Trage es mit dir und halte es hold.

Es fängt ein das Leuchten von Liebe und Licht.

Durchdringt deinen Umhang bis er zerbricht.

Willkommen Verlorner. Schön, bist du zurück!

Nichts wurde vergessen, hast das Herz nur ver-rückt.

EPISODE 10

DIE FREUNDSCHAFT

Eines der grössten Geschenke meines Lebens sind meine Freundschaften. Sie kommen ganz unterschiedlich daher: Männlein, Weiblein, älter, jünger, ernsthaft und tiefgreifend oder lebensfroh und laut. Und wenn ich mich frage, wie und warum sie entstanden sind, finde ich darauf nicht wirklich eine Antwort. Zwar kann ich die Umstände des Kennenlernens schildern oder gemeinsame Erlebnisse. Doch solches teilt man auch mit unzähligen anderen Menschen. Was macht den Freund zum Freund?

Heute tauchte ich ab in früheste Erinnerungen. Ich nahm mir schon länger vor, endlich alte Fotos zu sortieren und zu entsorgen. Dabei bin ich auf einen Korb voller Briefe und Karten gestossen aus allerfrühester Jugend. Eine Karte zu meinem 17. Geburtstag von meiner ersten besten Freundin. Sie hat mich zu Tränen gerührt!

Und ich ging alles durch, Brief um Brief – ja, früher hat man sich noch Briefe geschrieben! Diese unschuldige Ehrlichkeit. Einfaches Erzählen und Teilen von Erlebnissen, Gefühlen und Gedanken. Als wir unsere ersten Schritte als halb-selbstständige junge Menschen in diese uns noch so fremde Welt hinaus taten.

Wieviel Sicherheit hast du mir gegeben, liebste Freundin. Denn in die Menschenwelt einzutreten fiel mir als zurückgezogenes Mädchen vom Lande sehr schwer. Du warst immer schon mutiger als ich und ganz erpicht darauf, diese neue Welt zu erobern. Zu reisen, dich zu bilden, alles zu entdecken.

Ich konnte dir nicht immer folgen. Dein Tempo war für mich zu schnell. Aber du warst es, die mich antrieb, mich mitriss und ermutigte, mich auch hinaus zu wagen.

Der Gedanke an dich besänftigt und wärmt mein Herz. Du warst mein erster Freundschafts-Engel, und diesen Platz wirst du mein ganzes Erden-Leben lang in meinem Herzen behalten.

Nach und nach kamen weitere dazu: Ein freches, verrücktes Huhn, das sich – sorry – einen Dreck darum scherte, was die Leute von ihr denken. Du, mein zweiter Engel, hast dir auf für mich unvor-stellbar selbstverständliche Weise freudvoll genom-men, was das Leben zu bieten hatte. Hast es genossen, alles ausprobiert und mir Leichtigkeit geschenkt auf dem Weg mit dir. Keinen Augen-blick davon möchte ich missen! Wie ein leuchtender Stern hast du deine Bahnen gezogen und mir so oft und bis heute damit meine Tage erhellt. Du bist mein hellster Stern am Himmel!

Der dritte Freundschafts-Engel, kam wie so oft ganz unverhofft. Vielleicht sollte ich dazu noch sagen, dass wir Vier in die gleiche Schule gingen, zum Teil sogar in die gleiche Klasse. Krass! Trotz-dem erkannte ich dich erst mehr als zehn Jahre später. Und es war Liebe auf den ersten zweiten Blick!

Da führte doch einer ein Leben ganz anders als das, was man so gemeinhin als normal bezeichnet. Du hast deine Bestimmung schon früh gefunden – in jeder Hinsicht – und hast sie gelebt. So viel Mut! Du warst einfach so cool! Eine frische Brise wehte mit dir in mein Leben. Oft sehe ich mich in dir. Du bist mein Spiegel. Nicht immer die einfachste Position, mein Teurer.

Wie sollte es auch anders kommen: Wir Vier fanden zusammen als Freunde und sind es bis heute geblieben. Ein menschliches Wunder!

Ich habe das riesige Glück, weitere wahre Freunde auf meinem Weg gefunden zu haben. Jeder von ihnen bereichert mein Leben auf seine ganz eigene Art.

Es klingt mal wieder pathetisch: Ich bin einfach dankbar!

BRIEF AN MEINE ENGEL

Liebste Engel

Schon oft habe ich mir über unsere Freundschaft Gedanken gemacht: Was macht sie aus? Woraus besteht sie? Was hat uns eigentlich zu Freunden gemacht, und was hat sie erhalten über all die vielen Jahre? Die Höhen und Tiefen, die wir miteinander erlebten, durchgestanden und ausgesessen haben? Die wir diskutiert, und über die wir manchmal lamentiert haben?

Jeder von euch hat mich auf seine eigene Art berührt: Durch zarten Flügelschlag, der die Tür zu meinem Herzen aufstiess und mich die Möglichkeit von Vertrauen spüren liess. Durch ein Dasein, wenn alle anderen sich zurückzogen in ihrem Unvermögen meinem Kummer standzuhalten. Durch Beständigkeit und Treue, die mir immer wieder versicherten, dass ich es wert bin, geliebt zu werden. Achtsamkeit, durch sanfte Wort-Wahl. Durch Antrieb und Beispiel, Spiegel und Prallbock. Und nicht zuletzt durch die Ehrlichkeit, auch mal Unangenehmes zur Sprache zu bringen, Störendes auf den Tisch zu legen, Unzulänglichkeiten aufzudecken.

Ich durfte durch und mit euch lernen, wachsen, Fehler machen, Toleranz üben, Freudentänze vollführen, meine Trauer teilen. Euch aushalten, mich aushalten. Euch nicht verstehen und dabei verstehen, dass das vielleicht gar nicht so wichtig ist. Erhebende Gespräche führen, philosophieren oder sinnlos blöd quasseln. Lachen bis die Bäuche wackeln, das eine Glas Weisswein zu viel trinken, Tonnen von Paprika-Chips und Mayo vertilgen – und Engel: unsere Höhenflüge! Mit wem sonst hätten sie stattfinden können?

Die Liste könnte noch viel länger sein, aber der Punkt ist doch: Unter all den Menschen auf dieser Welt – mit wem kann man das alles tun? Wer hält das aus?

Nun: Was ist denn dieser Stoff, aus dem die Freundschaft gewoben ist? Vielleicht finden wir sie ja in uns selbst, wenn wir jemandem unser Herz öffnen und ihn einfach lieb haben, ganz genau so, wie er ist. (Meine Freundin meint dazu: „Freundschaft ist Herzensliebe". So ist es wohl, du Weise!)

Meine Freunde, ich schätze mich wahrlich reich, euch in meinem Leben zu haben!

EPISODE 11

SCHLAFE, MEIN KIND

Der erste Schnee fällt. Immer wieder bewegend, wie greif- und sichtbare Ruhe vom Himmel rieselt. Was macht die Flocken nur so magisch? Die fast schon zaghafte Sanftheit ihres Niederschwebens vielleicht. Nichts Reisserisches oder Erschreckendes ist dabei. Unser Auge kann der Schneeflocke auf ihrem Weg mühelos folgen, bis sie sich schliesslich sachte auf die Erde legt.

Das Bild einer Mutter, die ihr Kind zärtlich zudeckt, steigt vor meinem inneren Auge auf. Was für eine schöne Vorstellung: Der Himmel deckt die Erde liebevoll zu. Möge sie ruhen und im Frühjahr erfrischt erwachen.

MUTTER

Ist es die Sanftmut deines Lächelns, die mich
staunen lässt?

Weisst du, dass ich erschaure, wenn ich denke,
dass du mich verlässt?

Wie du mich ansiehst, die Liebe darin,

gibt mir die Kraft, zu sein, wie ich bin.

Wie du mich ansiehst, die Liebe darin,

macht mich ganz kraftlos. Bin ich, was du willst,
das ich bin?

Ich kenne wahrhaftig keine grössere Macht,

als deine Sanftheit. Sie erhellt meine Nacht.

Ich erkannte dich, Mutter, als meine Welt noch
wortlos war. Nie werde ich das Bild deines Blickes
in meine Wiege hinab vergessen, der mich Gebor-
genheit spüren liess, im Wissen, behütet und
umsorgt zu sein. Du warst das schönste Wesen,
das ich je erblickte. Ein Strom der Liebe floss
zwischen uns.

Zu dieser Liebe gesellte sich mit den Jahren noch
ein weiteres Gefühl: Tiefe Dankbarkeit.

Mein Herz fand ein zweites Gedicht für dich, für meinen Schutzengel auf Erden.

DER ERSTE MENSCH

Erster Mensch, wie schön du bist, wie endlos ich dich liebe.

Sternenglanz durch reine Augen fliesst in meine Wiege.

Erster Mensch, durch deinen Schmerz wurd unser Bund besiegelt.

Unser beider Seelenband aus purstem Licht geschmiedet.

Zum ersten Mal, seit ewger Zeit, genüg ich nicht alleine.

Zarter Leib voll Dürftigkeit. Ab jetzt bin ich die Deine.

Auf diese liebevollen Hände, konnte ich allzeit bauen.

Durch dich, geliebter erster Mensch, erwachte mein Vertrauen.

EPISODE 12

VOM WACHSTUM

Wir sind uns sicher alle einig: Leiden ist unschön, alles andere als wünschenswert. Ihr wisst sicher schon was kommt: Es ist für die meisten von uns absolut notwendig, um zu wachsen, um weiterzukommen.

Zu leiden lässt unseren Panzer aus Ignoranz zerbröckeln, weicht ihn auf und gibt die Sicht frei auf darunterliegende Wahrheiten. Grosses erwacht in uns, drängt sich an die Oberfläche, um gesehen zu werden. Um endlich einzutreten in unser Bewusstsein, in unsere sogenannte Realität.

Ich frage mich immer wieder, warum wir so funktionieren. Ist es eine Erbanlage oder ein genetischer Defekt? Wurden wir so konditioniert? Oder ist es Schicksal? Sollen wir leidvolle Situationen als Chance verstehen, sie zu meistern, daran zu wachsen?

Den grössten Sinn sehe ich in Letzterem. Und ich ziehe den Sinn jederzeit vor! Sollte das Leben allenfalls doch in der Sinn-Losigkeit enden, habe ich es zumindest im meinem Sinn gelebt. Und das ist allemal das Beste, was ich daraus zu machen vermag.

Was bringt uns Wachstum denn eigentlich? Warum sollen wir überhaupt wachsen? Und wie sollen wir das angehen? Grosse Fragen!

Fangen wir klein an. Schon mal rausgefunden habe ich, was bei Dingen, die wir überwinden möchten, nicht funktioniert: „Gebe einer Sache Kraft und sie wird verstärkt!" Je intensiver wir uns damit beschäftigen, umso mehr Energie geben wir ihr. Bei Negativem und Ungewolltem also höchst undienlich.

Das ist nun halt mal ein Naturgesetz. Wie die Schwerkraft darauf beruht, dass Masse andere Massen anzieht, gibt es diese Anziehungskraft auch im menschlichen- und zwischenmenschlichen Bereich. Wir fühlen uns von jemandem oder etwas angezogen und ziehen umgekehrt jemanden, oder eben etwas, an. Da es sich um eine Kraft handelt, ist es zwangsläufig Energie, die auf und in uns wirkt.

Dass Gedanken und Emotionen Energien sind und auch erzeugen, haben viele von uns schon mal gehört. Wie sonst sollte zum Beispiel das Messen und Aufzeichnen von sogenannten physio-psychologischen Parametern mittels Lügendetektor funktionieren? In Kyoto baut der Hirnforscher, Shin Ishii, gar ein Modellhaus, dessen Bewohner ihre Haushaltsgeräte mithilfe von Gehirnströmen fernsteuern sollen. Spielehersteller vermarkten Games mit Neurofeedback und das Fraunhofer-Institut für Digitale Medizin arbeitet daran, Gedanken mit einer neuartigen Visualisierungstechnik sichtbar zu machen.

Eine kurze Exkursion, (pardon – etwas trocken) in einige entsprechende Fachgebiete, zeigt uns verschiedene Denkansätze auf. (Teilweise stammen die nachfolgenden Texte aus Wikipedia oder sind Auszüge aus wissenschaftlichen Ausführungen diversen Ursprungs).

Die Neurowissenschaft liefert spannende Erkenntnisse zu dieser Thematik, die sich allerdings vorwiegend auf die Gehirntätigkeit beschränken. Sie sieht Gedanken als ein Produkt des Gehirns in Wechselwirkung mit seiner Umgebung. Also eine Interaktion zwischen Nervenzellen im Gehirn. Wie genau Gedanken entstehen, ist jedoch noch nicht hinreichend geklärt. Was meine Frage nach Wachstum betrifft, hilft mir das gerade nicht weiter.

Die Neurophilosophen setzen sich mit der Annahme auseinander, dass sich Gedanken grundsätzlich von Materie unterscheiden. Sie beleuchten die Zusammenhänge zwischen Gehirnvorgängen und geistig/mentalen Phänomenen. Ein zentrales Thema der Neurophilosophie ist die Beziehung zwischen neuronalen Prozessen und bewusstem Erleben, das damit einen Aspekt des bekannten „Körper-Seele-Problems" darstellt: Wie kann etwas Nichtmaterielles Materie beeinflussen oder gar neu schaffen?

Die Besonderheit des neurophilosophischen Ansatzes liegt in der breiten Akzeptanz der Voraussetzung eines Gehirns als Basis geistiger Phänomene. Von der Voraussetzung eines Gehirns bin ich überzeugt. Jedoch; ist es die Basis, die Quelle dieser Phänomene? Wohin in dieses Gebiet ich meine Gedanken auch sende, unter einer „Gehirn-als-Basis-Theorie" komme ich auch nicht weiter.

Auch der biblische Schöpfungsbericht sagt: "Am Anfang schuf Gott Himmel und Erde..." und drückt damit aus, dass unsere Realität durch das Geistige geschaffen wurde.

Genau so sieht es die Quantenmechanik heute auch, wenn sie sagt: "Die Potentialität (Möglichkeit, die zur Wirklichkeit werden kann) ist nicht materiell und trotzdem keine Fiktion. Sie ist wirklich, weil sie wirkt." Somit kann man durchaus sagen, dass die Quantenphysik der Wissenschaft wieder einen Grund für das Vorhandensein einer Seele geliefert hat. Danke!

Die Humanenergetik beschäftigt sich mit dem derzeit noch nicht wissenschaftlich erfassbaren Energiefeld, das alles umgibt und durchdringt. Sie schliesst jede Form von Lebensenergie, Energielenkung und -fluss mit ein. Diese allem Lebendigen innewohnende Lebensenergie ist seit alters her bekannt und wird, je nach Kulturkreis, beispielsweise als Lebenskraft, Chi, Qi, Prana oder Pneuma bezeichnet.

Einige Methoden der Humanenergetik sind seit hunderten von Jahren erprobt und hochintuitiv, andere haben ihren Ursprung in der Physik, und die Wirkung liegt oft innerhalb des messbaren Bereichs der Naturwissenschaft. In das Gebiet der Energetik gehört unter vielem anderen die Energetische Medizin, die beispielsweise mit dem Wissen über Meridiane und Chakren arbeitet, das auch durch die Akupunktur genutzt wird. Des Weiteren die Kinesiologie, die Cranio sacrale Energiearbeit, Licht-, Aroma- und Klang-Therapien oder auch die Bach-Blüten-Therapie. Ebenso gehört für mich die ganze Bandbreite von Bewusstseinsarbeit dazu, welche auch ein bedeutender Aspekt des Yoga ist.

Hier wird's interessant. Es geht über die bisher beschriebene Messung von Gehirntätigkeit hinaus und bleibt auch nicht so theoretisch wie in der Neurophilosophie. Es wird ausgetestet, behandelt, beraten und vor allem erfahren. Mit zwar nicht immer wissenschaftlich nachweisbarem aber doch offensichtlichem Erfolg. Es wirkt!

Es ist mir wichtig, (darum der vorausgegangene Ausflug in die verschiedenen Fachgebiete) die Existenz unserer Lebenskraft nicht einfach vorauszusetzen, obwohl meiner Erfahrung nach daran kein Zweifel besteht, sondern auch andere Ansätze zu beleuchten.

Nach diesem Vergleichs-Auszug von Fachbereichen, die sich mit Gedanken/Gedankenkraft auseinandersetzen, erscheint mir, zumindest bezüglich meiner Fragestellung nach Wachstum, die feinstofflich arbeitende Humanenergetik als die vielversprechendste.

Um nun also auf die Aussage zurückzukommen: „Gebe einer Sache Kraft (Energie) und sie verstärkt diese", gilt doch demnach: Entziehe einer

Sache die Energie, so wird sie schwächer oder sich vielleicht sogar auflösen. Was ist das anderes als Loslassen?

„Loslassen!" Ist das die simple Antwort auf die Frage, wie das Meistern von leidvollen Situationen angegangen werden kann und uns überdies als Konsequenz davon wachsen lässt? Ich meine ja!

Lasst mich das Feld mal von hinten aufrollen. Wie gehen wir das konkret an? Vielleicht magst du an dieser Stelle direkt mit einer eigenen Frage einsteigen.

Nimm eine leidvolle Situation, ein selbstzerstörerisches Muster zum Beispiel. Eine getrübte Beziehung oder eine unstimmige Arbeitssituation. Wähle dir gerade jetzt eine aus. Ziemlich sicher wirst du fündig werden. Betrachte sie mit aller dir zur Verfügung stehenden Ehrlichkeit, und nimm dir so viel Zeit dafür, wie notwendig ist.

1. Erkenne die Situation!

2. Indem du sie zur Kenntnis nimmst, akzeptierst du, dass sie vorhanden ist.

3. Indem du sie akzeptierst, nimmst du sie als Teil von dir an.

4. Indem du sie annimmst, löst du dich davon, dagegen anzukämpfen. Löst dich vom Wunsch, sie abzulehnen.

5. Wenn du nicht mehr dagegen ankämpfst, ist die einzig logische nächste Handlung, sie loszulassen.

Hierbei geht es eigentlich gar nicht so sehr darum, die Sache selbst loszulassen, sondern vielmehr, den Wunsch, dagegen anzukämpfen, abzulegen. Grossartiger Weise verliert die Sache an sich aber dadurch ihre Macht auf uns, weshalb in einem zweiten Schritt genau das passiert: Sie welkt und löst sich auf.

Vielleicht gelingt uns das nicht sofort, aber früher oder später wird uns dieser eine Stein vom Herzen fallen. Und der bringt viele weitere ins Rollen...

Wir haben nun also eine Situation bereinigt. Haben sie gemeistert und sind doch tatsächlich um eine Schwäche (ein Leid) ärmer und um eine Erkenntnis reicher geworden. Wir sind gewachsen. Erstrebenswert, oder? Auf zur nächsten Frage.

Wohin bringt es uns? Eine „Schwäche" wurde überwunden, im besten Fall aus unserem System gelöscht. Das hinterlässt uns freier, reiner, vollkommener. Wir werden mehr zu dem Menschen, der wir eigentlich sind. Schicht um Schicht gereinigt. Es bringt uns näher zu unserem ursprünglichen Sein. Dem Wesen, das wir sein könnten ohne diese Schwächen und „Entgleisungen".

Sehr gut vorstellbar, dass uns das glücklicher und zufriedener macht. Dass diese Erkenntnis unsere Sicht auf das Leben verändert, vielleicht sogar die Möglichkeit eines allumfassenden, unvergänglichen Seins denkbar wird.

Hat sich somit nicht nur die Frage nach dem Wohin es uns bringt, sondern auch die ursprüngliche Frage „warum wir funktionieren, wie wir funktionieren" gar erledigt?

Kann es sein, dass es keine allzu grosse Rolle spielt, ob wir etwas vererbt bekommen haben, wir grundsätzlich „unvollkommener Natur" sind oder ob Konditionierungen uns in einen leidvollen Zustand geführt haben?

Wir haben ein Instrument erhalten um, was auch immer in uns angelegt oder erschaffen wurde, aufzulösen.

Lass es einfach los!

LOSGELÖST

Wassermassen schwer auf deinem Körper lasten.

Unmöglich, daraus aufzutauchen.

Suchst dennoch Rettung zu ertasten.

Kostbarstes Du: Die Zeit ist abgelaufen!

Odem ringt mit lodernd Feuer.

Ein stiller Schrei, der Atem birst.

Leben! Nie warst du so teuer!

Ist das die Zeit, da du nun stirbst?

Unmöglich, jetzt noch aufzutauchen.

Das Wissen löscht blank deinen Geist.

Gedankenschleier still verrauchen.

Seele, wohin du wohl reist?

Raumloses Schweben in seid'gem Teich.

Friede umspült dein heilendes Herz.

Bist du zurück in deiner Mutter Leib?

Leben und Tod gar nur des Schöpfers Scherz?

EPISODE 13

DIE FEUER DER DUALITÄT

Ich kenne einen Menschen, dessen inneres Feuer lichterloh brennt vor lauter Kampf in dieser von Gegensätzen geprägten Welt. Im Grunde ist es die Dualität an sich, gegen die er ankämpft. Er kann und will dieses irdische System der Polaritäten nicht akzeptieren: Licht und Dunkel. Gut und schlecht. Dieses Zerrissen-werden zwischen Vernunft und der unbändigen Lust nach Unvernunft. Dem Freudentaumel eines gelungenen Abenteuers und der Wut des Misslingens. Und schlussendlich der Trauer des sich Bewusstwerdens, nicht aus diesem Konstrukt entfliehen zu können.

Kein Stillstand – oder zumindest ein Ausruhen – der Fehde zwischen diesen entgegengesetzten Kräften. Gegängelt zu werden, wie von fremder Macht angetrieben. Rauf und runter, eine Höllenfahrt der Gefühle. Gewalten, die unablässig an ihm zerren, ihn auseinanderzureissen drohen. Wie ein von beiden Seiten gleichzeitig losgelassenes Gummiband wieder und wieder aufeinander zu schnellend, explodierend, nur um im nächsten Augenblick vollkommene Klar- und Einheit zu verspüren. So anstrengend. So sinnlos.

Wie frustrierend, dies alles zu wissen, sich bewusst zu sein, welcher Macht man entstammt (und das tut er!). Und doch bringt ihm seines Erachtens dieses ganze Wissen nichts, da es nichts zur Lösung dieses Konflikts beiträgt. Was er darum gäbe, einfach nichts zu wissen...

Er vertritt die Seite der Sinnlosigkeit, spricht mit der Leidenschaft eines Kriegers, mit der Klarheit eines Wissenden. Mit der kaum dagegen anzukommenden Kraft seiner ent-täuschten Wahrheit darüber, wie dieses Erdenleben funktioniert. Und er findet es nicht amüsant.

Ich sehe das Gleiche, und doch könnte das Gesehene unterschiedlicher nicht sein. Meine Sicht ist positiv (nervig positiv, wie er findet). Es ist die Erfahrung allen Lebens, die ich so überaus schätze. Die schlichte Möglichkeit, erleben zu können und somit das Leben mit Sinnen, Geist, Herz und Seele zu erfahren, für die ich unsagbar dankbar bin. Im Gegensatz zu ihm ziehe ich positive Erkenntnisse aus den genau gleichen Gegebenheiten und empfinde das Leben als ein Himmelsgeschenk. Es „amüsiert" mich (meist) zutiefst.

Wir lieben und fürchten es, dieser eine Mensch und ich, aneinander unsere Feuer zu entzünden. Wild lodernde Flammen stehen einander im Wortgefecht gegenüber. Befinden sich im Kampf um den lebensbringenden Sauerstoff, oder eben in diesem Sinne, dem Stoff der Überzeugungskraft.

Beide vertreten wir unsere Argumente mit leidenschaftlicher, inbrünstiger Vehemenz. Bäumen uns auf. Jeder den anderen mit seinen „Beweismitteln" übertreffen wollend. Emotionen steigen hoch, sich in Schnelligkeit und Lautstärke Ausdruck verschaffend. Bestrebt, das andere Feuer mit der eigenen „Wahrheit" zu löschen. Das eine Argument abzufeuern, das diesem den Atem raubt.

In der Schnelligkeit und Gefühlsstärke dieser spirituellen Debatten kommt irgendwann ein Punkt, an dem der Verstand keine Antworten mehr findet. Seinem Feuer geht buchstäblich die Luft aus. In seiner Notlage lässt etwas in ihm los und gibt den Weg frei für Antworten aus der Tiefe. Unüberlegt, überzeugend, wahrhaftig.

Wenn man so will, hat sich das Ego gerade selbst ausgeschaltet, sich überlistet, indem sozusagen eine Systemüberlastung herbeigeführt wurde. Die Macht des Verstandes erlischt für einen Augenblick, und es wird still. Erlösend still.

Aus dieser Stille fand heute eine Aussage ihren Weg, die sein Feuer zu besänftigten vermochte. Er fühlte die Wahrheit darin.

Und auch mich erreichte die Antwort auf eine Frage, die ich wohl unbewusst gestellt habe:

Was will ich wirklich vom Leben? Was will ich hier erfahren?

Erstaunlich! Nie hätte mein Verstand mir eine derart unvernünftige Antwort geliefert, wie die gleich folgende. Und noch weniger hätte er sie jemals akzeptiert. Doch der blankgefegte Geist verstand. Die Antwort hiess: „Unvollkommenheit."

Das ist es also, was ich in meinem Leben erfahren möchte? Unvollkommenheit? Doch plötzlich wurde es mir klar.

Schon oft habe ich folgenden Ausspruch gehört: „Wir sind keine Menschen, die zu göttlichen Wesen werden, sondern göttliche Wesen, die das Mensch-Sein erfahren." Jedoch brauchte ich eigene Worte, um allumfassend zu verstehen.

Wir sind bereits vollkommen in unserem Ursprung. Was würde es also für einen Sinn ergeben, diese Vollkommenheit hier leben zu wollen? Notabene genau das, wonach ich in den letzten Jahrzehnten strebte.

In dieser dualen Welt regiert das „Unvollkommene". Selbst, wenn wir uns durch unsere Bewusstseinsarbeit in immer subtilere Bereiche davon vorarbeiten, ist die „Erfahrung" ausschliesslich möglich durch Ungleiches. In der Einheit gibt es nur die Erfahrung der Einheit, nichts anderes.

Mensch auf dieser Welt zu sein bedeutet, Menschliches zu erfahren. Unvollkommenheit zu erfahren.

Das heisst nicht, unsere „Mängel" ab sofort unreflektiert hinzunehmen oder nicht mehr nach Wachstum zu streben. Für mich bedeutet es jedoch in erster Linie, mich als Mensch genau so wie ich bin, als vollkommen zu betrachten. Weil diese Unvollkommenheit zum perfekten Plan gehört.

Und sie will erlebt werden! Mit allem, was sie mit sich bringt: Freude und Schmerz, Glück und Frustration. Kampf, Versagen, Erfolg, Annahme, Loslassen, Erkenntnis, Wachstum.

Mein Leben lang habe ich mich für meine Fehler verurteilt. Obwohl ich schon lange um den Unsinn von Verurteilung wusste, sank dieses Wissen nie ganz in mich ein. Es erreichte wohl lediglich die Verstandes-Ebene. Es brauchte wiederum eigene Worte und einen freien Geist, um es wahrhaft zu verinnerlichen.

Zu solchen Einsichten gelangte ich bisher meist durch die Meditation oder fand sie in der Verbindung mit der Natur. Manchmal auch durch so genannte Geistesblitze. Jedoch Erkenntnis zu erlangen über den intensiven Kampf zweier Intellekte, das hätte ich nicht für möglich gehalten.

Was für eine zutiefst befreiende Erkenntnis: Jede einzelne Situation im Leben vermag uns Einsichten zu vermitteln. Nichts ist falsch. Alles ist genau so richtig, wie es ist. Das ist der Fluss des Lebens. Nur haben wir uns diesen Fluss vielleicht etwas anders vorgestellt.

VOLLKOMMEN UNVOLLKOMMEN!

Heut habe ich mal mit den Augen gedacht,
in Bildern von Orten aus sprachloser Nacht.

Ich sitze und schweige, nichts da, das ich mach
und dennoch denk ich zum ersten Mal nach.

Woher weiss ich, das, was zu wissen ich mein?
Gedanke, wer schickt dich in mein Daheim?

Wer ist das, der denkt, was ich grade denk?
Wer ist's, der da spricht? Der, der mich lenkt?

Bist du das, der klingt fast wie mein Verstand?
Der fegt, wie ein Glutwind über mein Land.

Der brennt meinen Geist blank von Dornengeflecht.
Bist du's, aus dem Drüben, versteh ich dich recht?

Ich sitze und denke zum ersten Mal nach.
Und fand in dir den, der mir ganz entsprach.

EPISODE 14

SUCHT...

...ist immer einfach nur Schwäche! Diese Tatsache schönzureden war gestern.

Manche werden kaum also solche erkannt, gesellschaftlich anerkannt, vermeintlich normal. Andere ganz offensichtlich in hohem Masse zerstörerisch und nicht wegzudiskutieren.

Jede kleinste, uns bewusste Handlung gegen unsere körperliche und geistige Gesundheit, gegen unser höchstes Wohl, schliesse ich hier mit ein. Sei es in Form von Gedanken, Worten oder schliesslich von Taten. Mit ein bisschen Nachhaken und Hinterfragen finden vielleicht auch wir uns hier wieder. Und stellt euch dann erst die ganzen unbewussten Handlungen vor! Das klingt erstmal lästig, vielleicht auch intolerant. Ja, aber lasst uns doch mal ehrlich sein.

Die Gründe solcher – nennen wir sie ruhig – Süchte, mögen vielfältig sein. Die Heilung zu verhindern jedoch, ist Schwäche. Die Muster mögen vorhanden sein, sie nicht zu überwinden, ist Schwäche.

Richtig! Doch: Aus Sicht des vorangegangenen Kapitels lässt die Sache noch einen ganz anderen Blickwinkel zu. Tatsächlich sind Schwächen der Ausgangspunkt für wahre Stärke, die aus dem Herzen geboren wird. Denn sie tragen schliesslich die Möglichkeit des Überwindens in sich.

Doch lasst mich hier mal zurückblenden. Zu einer Erfahrung, die ich noch vor der Erkenntnis aus dem „Feuer der Dualität" machte. Als ich noch im Selbst-Urteil feststeckte. Dennoch ist das Ergebnis der nachfolgenden Erfahrung ein ganz ähnliches. Viele Wege führen nach Rom (zum Selbst).

Eine Sucht zu erfahren, um deren Gründe und Muster zu erkennen und im besten Fall an der Meisterung zu wachsen, kann für manchen von uns absolut notwendig sein. Süchte können uns auch als Ventile dienen und uns leidvolle Lebenssituationen abgeschwächter empfinden lassen. In einigen Fällen vielleicht sogar eine temporäre Rettung darstellen, da wir das volle Ausmass an Leben, das mancher von uns zu ertragen hat, anders nicht auszuhalten meinen. Sie können uns sogar zu uns selbst führen. Wer hätte das gedacht.

Ich habe – und es zerriss mir meine „Yoga-Seele" – nach 13 Jahren achtsamen Lebens wieder mit dem Rauchen angefangen. Ein gewagtes, dummes, notwendiges Unterfangen!

Zu Beginn dachte ich, es gehe darum, meine Schwächen ganz bewusst zu überwinden. Zu diesem Zeitpunkt war ich mir noch absolut sicher, diese Episode in einigen Wochen abgeschlossen zu haben und geläutert daraus hervorzutreten. Etwas überheblich, nicht? Und natürlich kam es anders.

Ich hatte nämlich bereits das Ziel vor Augen und dabei den Weg innerlich übersprungen. Eine gründlich falsche Einschätzung! Das hätte ich eigentlich wissen sollen. Denn etwas überwinden zu wollen ist vom Gedanken her bereits wieder ein „Dagegen-Ankämpfen". Es dauerte etwas, bis ich es begriff. Das Zauberwort heisst Annehmen!

So ungeliebt, ja abstossend, meine Sucht für mich ist: Sie ist ein Teil von mir. Ich durfte lernen, mich mit dieser Schwäche zu akzeptieren. Die Stationen auf diesem Weg waren allerdings äusserst unangenehm. Ich wehrte mich dagegen, schlug innerlich um mich wie ein verwundetes Tier, wollte einfach nicht so sein! Man könnte grosszügig denken: „Es ist ja nur rauchen." Für mich bedeutete es allerdings die Aufgabe meines an mich selbst gestellten Anspruchs eines Lebens in „Reinheit", um meinen Körper als möglichst ideales Instrument für meine geistig-seelische Reise nutzen zu können. Wie um Himmels Willen sollte ich Yoga leben und dazu rauchen? Wie heuchlerisch! Doch tatsächlich war das Gegenteil der Fall.

Ganz klar: Es passt nicht in die Schublade eines spirituellen, bewussten Menschen. Was ich jedoch genau dadurch lernte, war Mut. Den Mut aus meiner eigenen Schublade zu kriechen und zu sagen: "Hier stehe ich. Ehrlicher denn je. Tiefer denn je. Ich nehme die Herausforderung an. Nehme mich mit meinen Schwächen an." Einfach war das beileibe nicht. Aber irgendwann gab ich auf. Ich ergab mich dieser leidigen Situation und nahm sie seufzend an. Und die Magie des Lebens begann zu wirken. Ich nahm mich an. Ein Verständnis für mich begann in mir zu wachsen. Ein liebevolles Verständnis für diesen Menschen, der es wagte, sich dem, was sich zeigt, zu stellen und dazu zu stehen. Ich begann, mich selbst mit allem was dazu gehört zu lieben. Ein kaum zu beschreibendes Gefühl der Befreiung. Tatsächlich, trotz Rauchens, des Durchatmens, des in mir Angekommen-Seins.

Und als ob das nicht schon die grossartigste Errungenschaft überhaupt wäre, ging es weiter. Ich schloss nicht nur Frieden mit mir selbst. Eine tiefe, innige Achtung für all die Menschen, die sich tagtäglich den Herausforderungen ihres Lebens stellen, erwachte in mir. Wie ich euch alle bewundere! Uns bewundere, die wir in dieses Vergessen unseres göttlichen Ursprungs eingetaucht sind. Uns Tag für Tag darum bemühen, unser Leben auf die Reihe zu kriegen, das Beste daraus zu machen. Jeder auf seine Art mit seinen persönlichen Aufgaben vor sich ausgebreitet. All diese Aufgaben sind gleich wichtig und führen uns, manchmal mehr, manchmal weniger bewusst, zum einen Ziel: Die Schleier des Vergessens zu lüften. Denn hinter jeder dieser Schichten wartet Bewusstheit. Unser Bewusstsein, das sich wieder mit uns vereinen möchte. Schicht für Schicht stossen wir vor zum strahlenden Kern unserer Ganzheit. Ausgangspunkt ist die Ehrlichkeit uns selbst gegenüber. Wahrhaftigkeit.

Nichts desto trotz entscheiden wir uns mit solchen Zuwiderhandlungen gegen unser höchstes Wohl aber auch dafür, unseren Körper, unseren Geist, ja unser ganzes System, zu verunreinigen. Ist diese

Verschmutzung zu weit fortgeschritten, entsteht unter Umständen irreversibler Schaden. Es kann durchaus zu spät sein, in dieser Verfassung Gründe und Muster jemals aufzudecken, weil wir dazu einfach nicht mehr in der Lage sein werden.

Wenn wir die Sucht/Zuwiderhandlung anerkannt haben, den ganzen Weg gegangen sind, dann ist der Zeitpunkt gekommen, sie niederzulegen. Die Zügel in die Hand zu nehmen und uns zu schützen, um zu leben. Alle Sinne nutzend, um das was ist, klar zu erkennen. Unseren Geist nutzend, um unser Leben in die für uns bestimmte Richtung zu lenken. Um der Seele ihre Reise zu ermöglichen.

Hier angekommen, – ich, diese Zeilen schreibend, ihr, diese Zeilen lesend – sind wir zweifellos auf einem Stand des Bewusstseins, der es uns ermöglicht, unser Ich zu steuern. Wenn der Zeitpunkt gekommen ist, dürfen wir Abstand nehmen und erkennen, dass Schwäche uns im Endeffekt nicht dient. Sie lässt uns unseren Weg nicht zu Ende gehen. Verhindert, dieses überaus kostbare Leben so zu leben, dass die Seele ihr vorgesehenes Ziel erreicht. Wenn alle Erkenntnisse aus einer Erfahrung gezogen wurden, der Weg gegangen wurde, dann können wir uns entscheiden, nein zu sagen. In jedem Augenblick und immer wieder: Nein! Solange es nötig ist, um Geist und Körper davon zu befreien. Bis unser Gefährt (Körper, Geist, Seele) wieder in bestmöglichem Zustand den ihm bestimmten Kurs fährt.

Selbstbestimmt, nicht beherrscht. Frei! Frei!

TAUMELND

Geborstene Himmel klirren zu Boden,

tosende Wasser jonglieren im Spiel.

Zerschellt an den Klippen der Hoffnungslosen.

Silberne Träume durchschnitten vom Kiel.

Fremdartige Winde säuseln von Wonne.

Torkelnde Sinne, schlicht, unbedarft.

Damals noch lagen wir unter der Sonne,

gedankenlos sehend, geborgen im Gras.

Der Tanz währt unendlich auf grell bunten Feldern.

Schwebende Füsse auf trittlosem Pfad.

Die Zeit ging verloren, verirrt in den Wäldern.

Erwach Silber-Träumer, nimm deinen Stab!

Unwirtliche Brise heult draussen ums Haus.

Lebendigkeit peitscht dunkle Schatten vorbei.

Ich friere, ich fühle, hab Angst vor dem Aus.

Ich atme, ich lebe. Frei! Frei!

EPISODE 15

AUSSER-IRDISCH

Diskussionen über Ausserirdisches haben mich immer schon in Erstaunen versetzt. Erstmal klingt das sehr wohl unvorstellbar und mystisch: Ausserhalb des Irdischen! Und doch könnte uns eigentlich nichts näher sein.

Woher kommen wir denn? Wo ist unser Ursprung? Ich meine nicht diesen Körper aus Fleisch und Blut, Energie und Gehirntätigkeit, obwohl das schon faszinierend genug ist. Was ist eine Seele? Woraus besteht sie und woher kommt sie? Was erschafft und belebt diesen Körper, und wo ist das Erschaffende auf dieser Welt zu finden? Ich habe es hier noch nicht entdeckt. Kommt es eventuell von ausserhalb des Irdischen?

Über Ufos möchte ich hier nicht sprechen. Einfach mal in die Runde fragen, woher gewisse Träume wohl kommen. Gedanken, die wie Erinnerungen anmuten, von Orten und Zeiten, die wir nicht kennen „dürften". Neu getroffene Menschen, die uns vertraut sind, als ob schon ewig gekannt. Orte, erstmals bereist, die sich wie Heimat anfühlen. Manche Sprachen, die wir mühelos lernen, wie eine Auffrischung.

Schliesst sich hier der Kreis? Beinhaltet unsere Reise nach innen – unsere Heim-Reise – auch die Antwort auf die Frage, woher wir kommen?

„Ich sehe dich. Sollte dich kennen, tue es aber nicht. Dich hingegen habe ich noch nie gesehen und doch bist du mir unendlich nah. Und dich wiederum, meinte ich zu kennen. Fand den, der du wirklich bist aber anderswo – in meinem Herzen. Wo das wohl sein mag?"

VATER

Lange erkannten wir uns nicht, mein Vater.

Zwischen uns lag wohl unser Erwarten.

Die, die du sahst, war nie, die ich bin.

Sang zu den Bäumen von endlosen Weiten.
Von Grösse und Schönheit zu uralten Zeiten.

Hab ich falsch gewählt als himmlisches Kind?

Süss-bittere Wehmut, wirst du mich jetzt leiten?

Du und ich, Vater, umkreisten einander.

Suchten, blind tastend, auf elliptischen Bahnen.

Universen entfernt, aus anderen Landen.

Durch etwas verbunden: Wir konnten´s nur ahnen.

Zeile um Zeile schrieb das Leben uns neu.

Mild blickende Augen, fast schon ein Fleh'n.

Erkennen gab leise den Blick auf uns frei,

und auf einmal konnten wir uns sehn.

Zitternde Herzen. Rein, nackt entblösst.

Gefallene Mauern. Sanft aufgelöst.

Ich danke dir, Vater, für dieses Entdecken.

Ich danke dem Himmel für mein Erwecken.

So manches verstehen wir beide erst jetzt.

Verneige mich vor dir in tiefstem Respekt.

EPISODE 16

DIE ZEIT

Zeit ist auf der Erde eine wichtige physikalische Grösse. Sie beschreibt das Fortschreiten der Gegenwart, von der Vergangenheit kommend, in die Zukunft hinführend. Somit ist sie kein fixer Punkt, sondern eine Strecke.

Die Frage, ob unsere Zeitvorstellung auf einer unabhängigen, objektiven Grösse basiert, oder ob unser menschliches Bewusstsein, unsere eigene Anschauung, sie erst real werden lässt, ist wohl eine der ältesten und wurde von Philosophen und Mystikern, als auch von der Physik und der Neurologie bereits ausgiebig beleuchtet. Einig ist man sich deshalb noch lange nicht.

Manche Theorien vertreten die Ansicht, dass die Vorstellung einer objektiven Zeit lediglich auf unserer Vorstellung einer Identität, die auf Erinnerungen basiert, beruht. Das ist doch mal was zum Nachdenken!

In diese Zeit-Fragen möchte ich mit euch eintauchen und dazu ganz eigene Überlegungen anstellen. Begeben wir uns auf Zeitreise und lassen uns, ungeniert unwissenschaftlich, ein auf die Frage, was Zeit denn für uns selbst bedeutet. Ganz konkret in unserem Leben, in unserer Realität.

Fällt dir spontan dazu etwas ein, das sich lohnt, von dir beleuchtet zu werden? Dann nimm dir doch die Zeit.

Mir selbst drängt sich der Begriff „Vergänglichkeit" auf. Unser Körper ist einem Alterungsprozess unterworfen. Dieses Erdenleben und die Zeit lassen sich kaum voneinander entkoppeln. Selbst, wenn manchem von uns die Vorstellung einer subjektiven, erlebnisbezogenen Zeit durchaus vertraut ist.

Wieviel „zeitlose Zeit" ich auch in der Meditation in meinem Innern verbringe, kehrt mein Geist irgendwann zum Körper, und damit zur der Zeit unterworfenen Welt, zurück. Und ich will ganz und gar nicht damit hadern!

Wieviel Schönheit doch in der Vergänglichkeit liegt! Ist nicht sie es, die jeden Augenblick zum kostbarsten überhaupt kürt? Viele Erfahrungen wären ohne sie gar nicht erst möglich: Geburt, der Anfang. Tod, das Ende. Bietet sie allenfalls gar erst die Möglichkeit zur Veränderung, indem sie unsere Körper der Zeit unterwirft? Uns dadurch zwingt, die verschiedenen Stadien des menschlichen Daseins-Zyklus zu durchlaufen? Hätten wir überhaupt den Antrieb, uns verändern zu wollen, wären wir unvergänglich?

Veränderung! Per Definition das Leben an sich. Wie grossartig ist das denn, uns ganz nach Belieben ständig verändern zu können, uns neu zu erfinden, immer wieder?

Wer sind wir denn gerade jetzt? Wenn wir so zurückschauen, wer wir vor fünf Jahren waren.

Wie wir gedacht und gefühlt haben, welche Wertvorstellungen wir hatten und wie wir heute dastehen?

Ich kann nicht sagen, wer ich bin. Zu unbeständig sind meine Meinungen, die sich mit jedem neuen Wissen, mit jeder neuen Erfahrung immer wieder ausrichten, mich zu einem neuen Ich formen. Was gestern richtig war, kann ich heute vielleicht gar nicht mehr unterstützen. Was ich gestern nicht verstand, ist mir heute sonnenklar. Was ich gestern zu verstehen meinte, zeigt sich heute in einem ganz neuen Licht. Und auch das heute geglaubte Verständnis meiner Welt kann morgen ein ganz anderes sein.

Eigentlich habe ich nur die Wahl, meine Identität durch den Glauben an eine beständige Persönlichkeit, die im besten Falle reift, lernt und wächst, als feste Grösse zu betrachten. Oder, ich kann mich dem Prozess der Veränderung freudig hingeben. Mich neu kreieren. Jeden Tag aus frischen Augen betrachten. Definitiv meine Wahl!

Das hängt wohl mit unserem Charakter zusammen. Der zumindest scheint nicht ganz so wankelmütig zu sein und lässt uns Erfahrenes, Gedachtes und Gefühltes auf unsere eigene Art und Weise betrachten/interpretieren. Sehen wir die Möglichkeiten oder sehen wir die Problematik? Analysieren wir sachlich oder lassen Fakten Fakten sein und gehen unbeschwert und unreflektiert unseres Weges? Die meisten von uns sind wohl etwas dazwischen. Nichts desto trotz scheinen sich zumindest Tendenzen abzuzeichnen.

Nun; ob wir über unser Eingebunden-Sein in ein Zeitgefüge erfreut sind oder nicht: Diese Form unseres Daseins vergeht.

Wir vergehen. Unaufhaltsam. Unvermeidbar.

Oder doch nicht? Wollen wir mal ganz kühn sein und sämtliche vermeintlichen „Wahrheiten" hinterfragen? Mal ganz ehrlich: Das haben wir doch bereits getan. Sonst hätten wir nämlich diese Reise erst gar nicht angetreten. Hätten den Verstand nicht so schamlos hintergangen.

Ich hab so ein Ahnen in mir...

...als ob, was gestern richtig war, heute keine Gültigkeit mehr haben könnte.

Die Zeit hat sich nämlich verändert. Sie läuft schneller. Mit diesem Empfinden stehe ich beileibe nicht alleine da. Die Energien fühlen sich anders an, „leichter" möchte ich sie nennen. Als ob kündend von einer neuen Ära. Einer Welt, die sich erneuert. Einmal noch kräftig durchschütteln und loslösen!

Kräfte machen sich bemerkbar, die immer mehr und mehr Menschen „erwachen" lassen. Uns die unvergängliche Verbindung zum Urquell wieder spüren lassen. Auf einmal?! Von einer neuen Weltordnung sprechen. Von einer Zeit, in der ein Erwachen in und mit unseren Körpern möglich werden könnte. Ein verrückter Gedanke!

Ja, genau das ist er: Ver-rückt! Denn ganz eindeutig entspringt dieser Gedanke nicht dem rationalen Verstand. Wenn dieser also nicht der Quell dieses Denkens ist, wird klar, warum er demselben als verrückt erscheinen muss.

Was da so denkt „ausserhalb" des Verstandes, haben wir ja bereits aufgezeigt. Solche Gedanken entspringen einem geläuterten Geist. Oder eben einem ver-rückten Geist, der die Perspektive gewechselt hat. Einem Denken, das dem fühlenden Herzen und dem wissenden Anteil in uns verbunden ist. Er entspringt unserem wahren Selbst, übermittelt durch die Sprache der Intuition oder der Inspiration.

„Es sieht immer mehr so aus, als ob das ganze Universum nichts anderes ist als ein einziger grandioser Gedanke." (Albert Einstein)

Was denkst du? Ist sowas möglich? Könnte ein Verrücken unseres Denkzentrums uns von solch unvorstellbaren Möglichkeiten künden, wie dem Verbleiben auf unserer Welt in intakten Körpern für viel, viel längere Zeit?

Das wirklich Verrückte dabei ist die Logik. Wir haben bereits festgestellt, in welch beschränkten Mustern unser Verstand arbeitet. Wir haben bereits von Zuständen der Zeitlosigkeit gesprochen. Von Dingen ausserhalb unserer Vorstellungskraft.

Stell dir vor, diese Dimension würde sich öffnen, eines Tages, in der die spirituelle Menschheit nicht mehr nach Erleuchtung strebt, sondern nach Erwachen – in unseren Körpern erwachen! Kannst du dir auch nur annähernd sowas vorstellen? Verrückt!

Weisst du, ich denke mir in meiner sorglosen Art: Ob wir nun den Körper abgeben und eingehen ins Ewige, woher wir gekommen sind. Oder ob wir wiederkommen, immer und immer wieder in veränderter Form. Oder ob wir direkt hier auf der Erde erwachen – und bleiben...

...gibt es irgendeinen Grund, dieses Leben nicht auskosten zu wollen? Uns nicht auf diesen wunderbaren, geheimnisvollen Planeten einlassen zu wollen? Uns in die Tiefe seiner irdenen Anziehungskraft sinken lassend, seine Schönheit bejubelnd, seine Vielfalt bestaunend? Alles auszukundschaften, mutig und voller Vertrauen uns dem Leben hinzugeben?

Was haben wir zu verlieren? Wir vergehen in dieser Form.

Entweder wir verlieren den Körper oder wir verlieren den Verstand! Unvermeidbar.

ERDGEBUNDEN

Tiefe, Tiefe. Fallend, seiend.

Offenbarst in deinen Schluchten jenes, das nicht
vorstellbar.

Du, der vor dem Abgrund schreiend,

dich hingibst, schauernd, werd gewahr!

Trommeln aus der Tiefe hallen.

Irden, mächtig, Schlag auf Schlag.

Kern und Stein im Nichts zerfallend,

ohne Nacht und ohne Tag.

Kein Entkommen, keine Flucht.

Nur Herzschlag, der sich mit dir einet und dich
sich ganz einverleibt.

Hier, am Ende der Gezeiten, gibt es nichts mehr,
das du suchst.

Vertrauen ist, was übrig bleibt.

EPISODE 17

WIRKLICHKEIT

Wir standen im Kreis um eine ca. zehn Meter lange
und ein Meter breite Bahn aus glühenden Kohlen.
Eine Gruppe von Leuten, die sich zu einem Feuerlauf versammelt hatte. Und ich lief los. Nicht etwa
rennend oder hüpfend, obwohl mein ganzer
Verstand stöhnend aufschrie und mir die
Unmöglichkeit dieses Vorhabens verzweifelt zu
erklären versuchte, sondern langsam, ruhig,
sicher. Unter meinen Füssen schien sich ein
weicher Moosteppich auszubreiten – angenehm.
Eine absolute Präsenz nahm mein ganzes ICH ein.
Ich fühlte mich körperlos, schwerelos, gedankenlos.
Losgelöst von jeglicher mir bekannten Realität.

Das Phänomen des Feuerlaufens wurde mittlerweile
analysiert und auch relativiert. Die Ergebnisse
können im Internet detailliert abgefragt werden.
Ich weiss nicht, wie heiss diese spezielle Glut war
(das hängt von verschiedensten Faktoren ab). Ich
weiss aber noch, dass es stark regnete. Der ganze
Boden um den Glutteppich herum war eine
matschige Lehmgrube, in der wir nahezu knöchel-
tief versanken. Wir standen mindestens zehn
Minuten darin, die Füsse schon fast taub vor
Kälte, bevor der erste loslief. Kälte und Nässe
sind, entgegen der Vermutung, dadurch vielleicht
die Hitzeeinwirkung zu mindern, die denkbar
schlechteste Voraussetzung dafür. Die Füsse sollten
warm und trocken sein.

Wie auch immer: Von solchen Erkenntnissen wusste ich damals noch gar nichts. Was mich loslaufen lief, kann ich beim besten Willen nicht sagen. Ich wusste einfach: Es wird funktionieren.

Was hier nämlich effektiv passierte war, dass ich meine Angst besiegte. Nein, ich möchte es anders ausdrücken: Ich nahm sie bei der Hand und führte sie mit – und das nahm ihr die Macht über mich.

Wie schon in Episode 2 beleuchtet, ist Angst ein Produkt des Verstandes. Sie kann ein Schutz-Instrument vor unvernünftigen Handlungen sein, gleichzeitig aber auch ein Hemmschuh, der uns nichts ausserhalb des Vorstellbaren jemals erfahren lässt.

Ich meine zu keiner Zeit, dass wir unseren Verstand missachten sollen. Uns aber zu erlauben, seinen derzeitigen Stand des Verstehens zu hinterfragen, das jederzeit!

Mit diesem Feuerlauf-Erlebnis als junge Frau, ging mein bis anhin fester Glaube an eine beständige, für alle gültige Realität, dahin. Diese Erfahrung widerlegte das vermeintlich feststehende Wissen um die Unmöglichkeit eines Vorhabens. Mit diesem veränderten Gedankengut änderte sich auch meine Realität. Sie hat sich erweitert. Der Verstand begann, seine eigenen Regeln zu hinterfragen. Fragte sich bange: „Was sonst ist wohl noch möglich?"

Realität entsteht über die Wahrnehmung. Diese wiederum geschieht über die Sinne. Wie würde unsere Realität aussehen, hätten wir andere oder weiterreichende Sinne? Das für uns Menschen sichtbare Spektrum des Lichts zum Beispiel, von dem wir mit unseren Augen nur einen sehr kleinen Ausschnitt wahrnehmen. Aufgrund der uns zur Verfügung stehenden Informationen, die wir in unserem Gehirn abbilden, denken wir, das Gesehene sei die Realität. Mikrowellen zum Beispiel sehen wir nicht und trotzdem sind sie da.

Wie nehmen Fledermäuse, Haie oder Bienen ihre Umwelt wahr? Je nach Wahrnehmungsmöglichkeit sind Realitäten also sehr unterschiedlich. Oder: Wie sähe die Realität aus ohne Sinne? Gäbe es sie dann überhaupt noch? Entsteht sie nicht erst durch unsere Vorstellung? Was gäbe es denn nicht-sehend, -hörend, -riechend, -tastend oder -schmeckend? Eine totale Abgeschnittenheit von der Welt wäre das. Es könnte auch kein Gefühl für irgendetwas entstehen. Es ist die Sinneswahrnehmung, die unsere Welt erkennbar macht, sie zu unserer Wirklichkeit werden lässt.

Wie mir seit diesem Feuerlauf immer wieder bewiesen wurde, allerdings nicht die letzte Wirklichkeit...

Was den Menschen als Spezies so besonders macht, ist die Fähigkeit, sich über die Sinne zu erheben. In eine innere Sicht der Dinge einzutauchen. Tatsächlich ohne „weltliche Sinne" wahrzunehmen. Oder müsste ich besser sagen, die Sinneswahrnehmungen anders zu interpretieren? Oder beides?

So kann einerseits „neues" Wissen aus Erfahrenem und Beobachtetem, also über die Sinne, abgeleitet und zu einer logischen Schlussfolgerung geführt werden. Dann gibt es aber noch eine andere Art, „neues" Wissen zu erlangen. Nämlich eben diesen Schritt ins Unbekannte. Ins noch nie (bewusst) Dagewesene, in für uns und die ganze Menschheit Erstmaliges. Das wird auch dadurch nicht geschmälert, dass die Wissenschaft dankenswerter Weise im Nachhinein Erklärungen dafür liefert.

Irgendjemand hat zum ersten Mal etwas getan, von dem es bis dahin hiess, dass es unmöglich wäre und es somit in die Welt des Möglichen, in unsere Realität, gebracht.

Woher ist dieser Gedanke wohl gekommen? Aus dieser Welt kann er ja unmöglich stammen. Es muss einen Quell von Wissen geben ausserhalb unserer Realität. Nicht mit unseren angestammten Sinnen wahrnehmbar. Und offenbar kann man ihn anzapfen. Ihn in unsere Welt, in unser Bewusstsein, bringen und bisher Ungeahntes verwirklichen.

Schon seit hunderten von Jahren und bis heute haben Menschen sich mit diesem „Weltgedächtnis" beschäftigt. Es ist auch bekannt unter dem Namen Akasha Chronik (Sanskrit: Äther), Buch des Lebens, oder – als Teilaspekt davon – als morphogenetisches Feld. Namhafte Philosophen, Anthroposophen und Weise wie Plotin (Vertreter des Neoplatonismus), Paracelsus oder Rudolf Steiner haben sich mit diesem feinstofflichen Konstrukt, das als eine Art Datenbank der Schöpfung angesehen wird, auseinandergesetzt. Überlieferungen zufolge haben vor tausenden von Jahren indische Weise/Seher, genannt Rishis, durch ihre Innenschau tiefe Einsichten und Wahrheiten erlangt, und damit die Wurzeln für den Hinduismus und auch für den Yoga gelegt. Dabei entstanden auch die Veden und andere spirituelle Quelltexte, die bis heute Gültigkeit haben.

Eigentlich ist es ganz alltäglich. Berühmte Wissenschaftler, allen voran die Physiker, „stolpern" immer wieder darüber und bringen scheinbar neue Erkenntnisse in unsere Welt. Die reinste Offenbarung! Nur werden sie in unserer westlichen Kultur nicht Seher, sondern grosse Denker genannt.

Weil wir dieses innere Wissen mit keinem anderen Menschen teilen können, uns nicht mit anderen auf diese Realität einigen können, verfallen wir gerne dem Glauben, diese Sicht wäre nicht real. Es ist die Bestätigung unserer Mitmenschen, welche die menschliche Realität zu eben dieser macht. Dies ist auch ein wesentlicher Grund für die Forschung, ihre Erkenntnisse beweisen zu wollen. Andernfalls würden sie von der Menschheit nicht anerkannt und blieben einfach nur ein persönlicher Glaube.

Ist unsere dreidimensionale Welt also nur eine Illusion? Der Verstand wird hier energisch einschreiten und sämtliche Geschütze zum Einsatz bringen, um das Erlebte vernünftig zu erklären. Das macht er grossartig, nur eben nicht vollständig.

Er führt uns immer nur zurück zur eigenen Vorstellung von bereits Gewusstem.

Wie sollen Worte, den Verstand nutzend, jemals beschreiben können, was sich ausserhalb des Verstandes abspielt? Um auf die Ebene dahinter zu gelangen, ins Sein, ist dieses Instrument ungenügend. Das Gedicht bildet eine Ausnahme, denn es spricht in Bildern, der Sprache der Seele. Doch Gedichte haben sich als Umgangssprache wohl aus praktischen Gründen nicht durchgesetzt.

In uns selbst sind die wahren Worte zu finden. In der Verbindung zum fühlenden Herzen befindet sich der Zugang zu unserem eigentlichen Wesen.

Es ist die Achtsamkeit, die in den zeitlosen Moment, in die Präsenz, führt und damit das Tor zur Welt der Seele öffnet. Die Sinne richten sich nach innen. Wir sehen mit inneren Augen, hören die inneren Klänge, den Klang der Schöpfung.

Der wahrhaftige Geist, befreit von der Herrschaft des Egos, kommuniziert mit dem freien Herzen. Alles fliesst und wird eins. Hier sind wir der, der wir sind. Verbunden mit allem, was ist.

Und somit kommen wir zurück zu den einleitenden Worten dieses Büchleins: Instinkt oder Intuition nennen wir die Sprache unserer Seele. Unsere alles erfassende Ur-Sprache. Übermittler wahrer Worte, Überbringer der Wahrheit.

SAT NAM (ich grüsse das wahre Selbst).

ERWACHEN

Gefrorene Feuer säumen die Gassen,

lodernde Flocken bedecken das Land.

Bunt leuchtende Sonnen lassen verblassen

die gleissende Schönheit aus funkelndem Sand.

Schimmernde Kinder im Spiel mit der Luft,

auf kirschroten Federn jonglierend mit Gischt.

Dein Ur-Ur-Grossvater zum Tee einberuft:

„Zu Tisch, liebe Engel, ich sprech ein Gedicht!"

Ein Traum nur? Eine Welt nur? Oder gar nur das All?

Un-sinnige Sphären? Blicke auf Mären? Ach nein: des Verstandes Fall!

Mitstreiter, weisst du, ich hab es entdeckt.

Das Tor zu gar allem wurd grade erweckt.

Nenn mich irr-sinnig, ver-rückt, los-gelöst!

Denn genau so was bin ich. Endlich erlöst.

Jetzt kannst du mich sehen, denn ich löse mich auf.

Darunter erstrahlt meine leuchtende Haut.

All die wichtigen Namen zerfallen im Nichts.

Schau! Mutter und Vater schon sehnsüchtig warten,

bis endlich, endlich der Umhang zerbricht.

Willkommen, Goldkind, im paradiesischen Garten,

dein ewiges Sehnen ergiesst sich ins Licht.

Doch weisst du, was wahrhaftig irr-sinnig ist?

Will gar nicht mehr gehen, im All-Eins aufgehen.

Erde, Geliebte, wir verlängern die Frist!

Jetzt möchte ich leben, mich jauchzend erheben.

Dein mutiger, freudiger Welt-Komponist!

Erwacht aus dem trüben, verblendenden Schein,

kann ich nun schlussendlich Königin sein.

WIR UND DIE ERDE

Wenn wir in uns hineinblicken, dann wissen wir es. Wir Menschen sind an einem Wendepunkt angekommen. Und mit uns die Erde. Ändern wir uns nicht, wird dieser Planet nicht länger unsere Heimat sein können. Wir rauben uns selbst die Lebensgrundlage. Saugen die letzten Ressourcen aus der Erde, verschmutzen unser Lebenselixier. Wir haben die Achtung vor den anderen Bewohnern dieser wunderschönen Welt verloren. Kappten die Verbindung zu unserer natürlicher Umgebung. Es herrscht weder Gleichgewicht, noch das Verständnis für eine existentielle Harmonie zwischen allen Lebewesen.

Viele von uns erkennen das mittlerweile. Viele sind bereits bewusst genug, um den Ruf zu vernehmen, der uns den Weg zu einem gesunden, respektvollen Umgang mit unserer Heimat weist. Der uns die untrennbare Verbindung mit der Erde, unserer Ernährerin, Beschützerin, unserer Mutter, vor Augen führt.

Es ist jetzt Zeit aufzustehen und den Kurs zu ändern. Intelligente, zukunftsfähige Entscheidungen zu treffen, die unser Zuhause gesunden lassen, damit wir leben können. Erfahren und reifen können. Um zu lieben, uns zu freuen und die Verantwortung des Mensch-Seins wahrzunehmen.

Verdienen wir uns das Recht, diese Erde unsere Heimat nennen zu dürfen. Besinnen wir uns darauf, wer wir sein könnten. Welch wunderbare Wesen wir im Grunde unseres Seins wirklich sind.

Wir brauchen nicht mehr zu tun, als die Erkenntnisse unserer inneren Reise in die Welt hinaus zu tragen. Unseren Blick mit der gleichen Ehrlichkeit, mit der wir in uns selbst geschaut haben darauf zu richten, was wir im Aussen wirklich brauchen für ein glückliches, erfülltes Leben. Es wird bedeutend weniger sein. So viel weniger, dass wir wieder Zeit finden, Träume zu leben, die Gemeinschaft zu geniessen, miteinander zu lachen, Dankbarkeit und Lebensfreude zu empfinden. Es wird uns ein natürliches Bedürfnis sein, zu schützen, was wir lieben.

Komm, leg dich zu mir auf die samtweiche
Wiese, in mir, ob mir, um mich herum.

Mein Gott, ist dieses Fühlen reich!

Zerfliesse mit mir in leicht-lichten Lüften,
getragen vom allersanftesten Sturm.

Sei mit mir eins in unserm Reich!

SCHLUSSWORT

Liebe Gefährten

Wir reisten zusammen durch verschiedenste Stationen von Bewusstheits-Fragen. Danke, dass ich euch Einblick gewähren durfte in mein Inneres, in meinem Tempo.

Dieses Büchlein diente der Verarbeitung meiner eigenen Erfahrungen. Ich habe alle Aspekte meiner derzeit an mich gestellten Aufgaben darin beleuchtet, bin in ihre Tiefen vorgedrungen. Habe mich Stück für Stück vorgearbeitet in ihren Kern. Meine Erkenntnisse daraus gezogen, mich neu entdeckt. Vieles in mir durfte dabei heilen. Euch an meiner Seite, die ihr diese Reise zu jeder Zeit mitgestaltet habt. Ich bin erfüllt von tiefer Dankbarkeit.

So persönlich diese Zeilen auch sind, möchte ich es doch wagen, sie zu zeigen – mich zu zeigen. Denn: Die zweite Runde ist eingeläutet! Teilen wir! Verbinden wir uns! Haben wir den Mut, nach aussen zu treten mit unseren vermeintlich belanglosen Einsichten. Vielleicht lässt gar dieser Mut sie zu ihrer wahren Grösse heranwachsen und (ein wagemutiges Hoffen) unsere Welt durch unser inneres Wachstum mit uns zusammen gesunden lassen.

Inspirieren wir uns gegenseitig, unsere ureigensten Gedanken und Gefühle anzuerkennen als das, was sie sind: Tiefer Ausdruck unserer Seele, unseres Seins.

DANKE,

geliebter Mann, für deine chirurgische Präzision, mit der du meine Texte analysiert hast. Zwar wurde es dann doch kein Radikalschnitt meines üppig-wild-wuchernden Wort-Gartens, aber tüchtig gejätet habe ich. Hie und da etwas zurück geschnitten. Und da kam sie zum Vorschein, die Kraft der einzelnen Worte. Satter, klarer. Platz, um ihre Schönheit erblühen zu lassen.

Und dir, mein Sohn, für den Freiraum. Deine treffenden Inputs und deine Ehrlichkeit. Danke für die Stunden und Tage des Philosophierens, in denen wir die Welt erklärten und das Leben neu erfanden. Wie unsagbar reich du mich machst!

Nicht zu vergessen sind all die Bücher, geschrieben von Menschen, die sich auch auf dem Weg befinden und ihn oft schon viel weiter gegangen sind als ich. Sowie – das darf auch mal löblich erwähnt werden – das Internet und die sozialen Netzwerke, die Wissen verbreiten und Einsichten teilen. Dahinter stehen wahre, wunderbare Menschen, von denen ich über Jahre hinweg lernen durfte.

Und nicht zuletzt ein herzliches Dankeschön an meine wunderbare Weg-Begleiterin, Monika Bachmann. So manches Wort versuchte ihrem sprachlichen Sachverstand und ihrer Herzensweisheit standzuhalten. Nicht ganz jedem gelang es.

Danke all jenen, ob hier oder dort, die ihr mein Leben zu meinem Leben gemacht habt. Was wären wir denn – ohne uns?

ÜBER MICH

Geboren bin ich 1966 in einer ländlichen Gemeinde, wo ich umgeben von Wäldern frei und naturverbunden aufwuchs. Seit frühester Kindheit beschäftigten mich die ganz grossen Lebensfragen über Sinn und Zweck des Daseins. Das meiste darüber lehrte mich der Wald.

Jede Berufswahl, jede Ausbildung, alle erkundeten Philosophien, Reisen und Begegnungen, schienen immer nur den einen Hintergrund zu haben: Mein Verstehen von der Welt und allem jenseits davon.

Vor 15 Jahren lernte ich den Yoga kennen. Er wurde zu meinem Wegbegleiter, weil er mich auf allen Ebenen überzeugte.

„Yoga ist wie die Stille des Waldes, in der die Gedanken zur Ruhe kommen und man die Seele wieder atmen hört."

Mehr als diese Stille braucht es nicht, denn alles Wissen ist bereits in uns vorhanden. Es wartet das Schweigen des Denkens ab, um vernommen zu werden.

Ich lebe mit meiner Familie in Zürich, wo ich Yoga unterrichte und in meiner Werkstätte intuitiv entstehende, silbrig-goldene Schmuckstücke kreiere.

Ein reiches Leben, wie ich finde.